Der Adler

LaLeLu ... und tot bist du

Kriminalroman von Moa Graven

Impressum
Der Adler - LaLeLu… und tot bist du

Erschienen im cri.ki-Verlag Leer (Ostfriesland)
August 2016
ISBN 978-3-945372-89-0
Umschlaggestaltung: cri.ki-Verlag Leer (Ostfriesland)

Zum Inhalt

Irgendwann hatte man dem Frankfurter Polizeipsychologen, den man nur "Der Adler" nannte, nahegelegt, vorzeitig in Pension zu gehen. Und so war Joachim Stein nach Friesland gekommen.
Er lebt seitdem zurückgezogen in einer umfunktionierten alten Mühle in Horumersiel. Die einzige, die noch ständig bei ihm vorbeischaut, ist Mona Lu, die bei der Polizei in Wangerland arbeitet. Sie sieht gerne über seine Schrulligkeiten hinweg, wenn sie Rat bei einem neuen Fall braucht. Als sie in einer Mordserie an der Küste ermittelt, wird "Der Adler" öfter gestört, als ihm lieb ist.

Dies ist der erste Fall der vierten Krimi-Reihe der ostfriesischen Krimi-Autorin Moa Graven.

Der Adler

Die Sonne warf einen langen Schatten mit dem Mühlenflügel über den Boden. Es war ein langer heißer Tag gewesen und Joachim Stein war erst vor einer halben Stunde das erste Mal auf die Galerie gegangen. Er ließ seinen Blick wandern. Es gab nicht viel zu sehen, und das gefiel ihm an Friesland. Grünes Land, Bäume und Büsche und bei so klarer Sicht wie heute konnte er sogar das Meer in strahlendem Blau am Horizont erahnen. Er atmete tief durch.

Drei Monate war es jetzt her, dass er der Großstadt den Rücken gekehrt hatte. Doch wenn man es genau nahm, dann war es genau umgekehrt gewesen. Frankfurt hatte ihm die kalte Schulter gezeigt. Plötzlich hatte es nicht mehr gezählt, dass er es war, der zur guten Aufklärungsrate bei den Mordfällen beigetragen hatte. Plötzlich nannte man ihn unberechenbar und nicht mehr tragbar für die Abteilung. »Adler, denken Sie darüber nach«, hatte sein Vorgesetzter gesagt und ihm den vorzeitigen Ruhestand mit Mitte vierzig schmackhaft gemacht.

Zunächst wusste Stein nicht, wie er mit diesem Angebot umgehen sollte. Seine Gefühle waren verletzt. Was sollte er denn jetzt überhaupt machen? Und das alles nur, weil er hier und da ein paar Aussetzer gehabt hatte.

Tagelang hatte er sich bei verdunkelten Fenstern in seine Drei-Zimmer-Wohnung verkrochen. Er hatte viel getrunken. Viel zu viel. Sein ganzes Leben hatte er der Arbeit gewidmet. Keine Frau und keine Kinder. Und dann das. Von heute auf morgen aussortiert.

Adler wollte jetzt nicht daran denken.

Den frühen Nachmittag hatte er damit verbracht, auf seinem großen Sofa zu liegen und die Frankfurter Allgemeine zu studieren. Er konnte keine Zeitung entsorgen, wenn er sie nicht von A bis Z gelesen hatte. Da er in Frankfurt berufsbedingt nicht immer zum Lesen kam, hatte er zwei dicke gebundene Packen bei seinem Umzug in den Norden mitgenommen. Jetzt hatte er ja alle Zeit der Welt, die zwei versäumten Jahre aufzuholen. Er fand es erstaunlich, wie interessant es sein konnte, eine Zeitung aus dem Jahr 2014 zu lesen. So bot sie ihm neben dem Erfahrungswert auch gleichzeitig die Gelegenheit, die Ereignisse der Vergangenheit zu reflektieren. Es kam offensichtlich nicht selten vor, dass Journalisten mit ihren Prognosen irrten. Auch über ihn und seine Erfolge hatte hin und wieder etwas in der Zeitung gestanden. Gerade ein Fall, der ihm selber am peinlichsten war, wurde wochenlang durchgekaut. Aber all das lag weit hinter ihm.

Über ihm krächzte es. Dorado, wie er den Raben, der schon vor ihm in der Mühle gewohnt hatte, benannt hatte, kam mit ausgreifenden Flügelschlägen von einem Erkundungstrip zurück. Er ließ sich lautlos auf dem Geländer nieder und sah Stein neugierig an. Er mochte das Tier und hatte sogar angefangen, mit ihm zu sprechen. »Ich hoffe, du hattest einen erfolgreichen Nachmittag«, sagte er. Der Vogel legte den Kopf schief und streckte einen Flügel aus. Stein hatte schon immer ein Faible für Vögel gehabt. Vielleicht war es auch nur deshalb zu seinem Spitznamen gekommen. Er selber konnte sich nicht erklären, warum andere ihn für arrogant mit majestätischem Gehabe hielten. Was konnte er dafür, wenn er meistens recht hatte? Schließlich hatte er sich auch seine gesamte Freizeit für die Lösung der schwierigsten Fälle um die Ohren geschlagen.

Ja, er hatte jetzt Zeit zum Nachdenken. Und so langsam bekam er den Kopf immer freier. Konnte loslassen. In den letzten Wochen hatte er angefangen, die ganzen Kisten und Kartons, die im Erdgeschoss standen, zu sichten. Vieles von seinen Sachen hatte er bereits in Frankfurt aussortiert. Desto älter der Mensch wurde, umso weniger brauchte er vielleicht. Nur seine Zeitungen, die wollte er behalten. Der Umzugstrupp hatte sich mehr als einmal an den Kopf gefasst, als er ihnen erklärte, was mit müsse und was nicht. Er war sich sicher, dass sie den einen Lkw mit ausrangierten Möbeln, technischem Schnickschnack und elektrischen Geräten und Kleidung unter sich aufgeteilt hatten.

Schließlich waren es zwei Lkw-Ladungen geworden, die mit nach Friesland reisten. Das große dunkelrote Sofa begleitete ihn schon seit über zehn Jahren und stand jetzt im ersten Stock unter einem Fenster. Stein konnte stundenlang darauf sitzen und einfach nur in den Himmel sehen. Es gab in Friesland so viele verschiedene Formen Wolken, wie es über Frankfurt Schwaden verschmutzter Luft gab.

Auf die Mühle war er eher zufällig im Internet gestoßen, als er nach einem Haus an der Nordseeküste gesucht hatte. Immer wieder war sie bei seinem Suchwort Friesland aufgeploppt, bis er sie sich schließlich näher angeschaut hatte. Sie war alt und stammte aus dem neunzehnten Jahrhundert. Seit einigen Jahren stand sie leer. Am sympathischsten war für Stein die Wohnfläche von über dreihundert Quadratmetern gewesen. Er brauchte Platz für sich und seine Gedanken. Die letzten Monate in Frankfurt war er sich auf seinen achtzig Quadratmetern wie ein Gefangener vorgekommen. Er hatte keine Luft mehr bekommen. Da er selber aus

Oldenburg stammte, war ihm die Gegend nicht fremd. Also nahm er Kontakt zu dem Immobilienmakler auf und besichtigte die Mühle drei Wochen später in Verbindung mit einem Kurzurlaub an der Küste.

Schließlich war es dann die Galerie mit dem Blick in die unendliche Weite gewesen, die ihn hatte zuschlagen lassen.

Und jetzt genoss er die Vorteile der verschiedenen Ebenen. Alles, was im Erdgeschoss war, sah er nicht. Im ersten Stock hatte er seine Wohlfühl- und Rückzugsoase eingerichtet mit seinem großen Sofa und einer riesigen Matratze mit drei Oberbetten. Und dann war da schließlich war seine Galerie, auf der er gerne die Spätnachmittage mit einem guten Kaffee und der hiesigen Zeitung verbrachte.

Manch einer hätte bei dem Chaos, das im Erdgeschoss herrschte, sicher nicht vermutet, dass Stein einer war, der sich nur in einer gewissen Ordnung und Regelmäßigkeit wohlfühlte. Doch es kam ja nie jemand zu ihm, wenn er es vermeiden konnte.

Er hatte nicht einmal eine Klingel und der Briefträger war in den ersten Tagen wild gestikulierend und rufend um die Mühle gerannt. Schließlich hatte Stein zwei alte verbeulte ausrangierte Mülltonnen, die er im Erdgeschoss gefunden hatte, nach draußen gestellt. Auf die eine machte er einen Zettel mit der Aufschrift »Post«. Auf der anderen

Stand »Bitte hier Ihre Nachrichten an mich einwerfen, ich melde mich«.

Und dann stand da noch eine Holzpalette, an die er einen Zettel mit dem Hinweis »Lieferungen« angebracht hatte. Er war nämlich im Internet auf einen Bioladen vor Ort gestoßen, der einen Internetauftritt hatte und Waren auslieferte. Perfekt, wenn man keinen ausgesprochen großen Wert auf zwischenmenschlichen Kontakt legte. Perfekt für Stein, der sowieso am liebsten alles online bestellte.

In Frankfurt hatte er zuhause nur Brot, frisches Obst und Gemüse gegessen. Für richtige Mahlzeiten war er gerne in noble Restaurants gegangen. Das ging in der Großstadt auch als Einzelperson. Hier in Horumersiel würde er keinen Fuß in eines der hiesigen Lokale setzen. Dafür kannte er die Neugierde der Menschen auf dem Land zu gut, als dass er sich ihren prüfenden Blicken aussetzen würde.

Also kochte er sich einmal in der Woche sonntags einen großen Topf Biokartoffeln, die er im Laufe der Woche für verschiedene Gerichte nutzte. Es stimmte, auf dem Lande schmeckte es besser. Wenn er manchmal spürte, wie seine Hose am Bauch wieder spannte, lächelte er in sich hinein.

Der Journalist

Hauke Flessner war den ganzen Tag in Schillig unterwegs gewesen und hatte Badegäste befragt. Er hatte Wochenenddienst und musste irgendwie das Sommerloch schließen. Koste es was es wolle, hatte sein Chef gesagt, er wolle endlich mal wieder eine fette eindrucksvolle Titelzeile in seiner Zeitung sehen. Schließlich erwarteten die Abonnenten etwas für ihr Geld.

Das war leichter gesagt als getan. Hauke wischte sich mit einer Hand übers Gesicht. Erst jetzt merkte er, dass er sich in der heißen Sonne, die erbarmungslos vom Himmel knallte, vermutlich einen leichten Sonnebrand eingefangen hatte. Dass er auch ausgerechnet heute sein Basecap vergessen musste.

Die Urlauber, die sich in der Sonne braten ließen, kamen überwiegend aus Nordrhein-Westfalen. War das eine Story? Sicher nicht. Dieses reiselustige Bundesland war dafür bekannt, in den Sommermonaten überwiegend an die Küste auszuschwärmen.

Dann war da ein kleiner Junge gewesen, der trotz der Windstille versucht hatte, seinen Drachen steigen zu lassen. Sollte er über Kinder und ihre geplatzten Träume schreiben?

Hauke schob die Tastatur beiseite und legte die Hände in den Nacken. Aua. Auch da hatte sie Sonne ihre Spuren hinterlassen. Er würde sich nach Feierabend von seiner neuen Flamme Nina verwöhnen lassen, dachte er und erinnerte sich an die letzte Nacht, wo sie bei offenem Fenster einen Lustschrei nach dem anderen ausgestoßen hatte. Er war viel zu sehr mit sich selber beschäftigt gewesen, als dass er da an seine Eltern, die im Erdgeschoss wohnten, gedacht hätte.

Als ihm nicht einfiel, was er machen sollte, zog er schließlich die Tastatur wieder heran und loggte sich in die Seite einer Presseagentur ein. Irgendetwas würde er da schon abgreifen können. Er scrollte die Titelzeilen runter und blieb an einer Überschrift hängen. »Der Adler kehrt zurück ans Meer«, las er laut. Das dazugehörige Foto zeigte aber keinen Greifvogel, sondern einen äußerst düster dreinschauenden Mann mit dunkelblonden Haaren und braunen Augen. In der Bildunterschrift stand »Kriminalpsychologe Joachim Stein, wegen seiner Scharfsicht der Adler genannt, kehrt Frankfurt den Rücken und zieht nach Friesland.« Der Bericht, der unter anderem in der Frankfurter Allgemeinen Zeitung erschienen war, war fast ein Vierteljahr alt. Hauke konnte sich nicht erinnern, irgendetwas über diesen Mann in den hiesigen Zeitungen gelesen zu haben. Ob das vielleicht seine

Sommerloch-Story sein konnte? Plötzlich war er voller Elan und er las den kompletten Artikel. Dieser Adler hatte doch tatsächlich die leerstehende Mühle in Horumersiel gekauft und war dort eingezogen. Der Mann konnte eindeutig nicht von hier sein. Also, wenn das keine Story für Seite drei war, dann sollten Hauke die Meerjungfrauen holen. Er schnappte sich seinen Fotoapparat und den Notizblock und setzte sich in seinen Wagen.

Die Mühle sah genauso verloddert aus wie immer, dachte er, als er auf den Hof fuhr. Vielleicht war der neue Besitzer ja auch schon wieder über alle Berge. Trotzdem stieg Hauke aus und lief zur Eingangstür. Er fand weder eine Klingel noch ein Namensschild. Vielleicht hatte er ja nicht richtig gelesen. Er kratzte sich am Kopf und sah sich um.

Dann entdeckte er die akkurat aufgestellten Mülltonnen und die Europalette. Die Zettel, die er aus der Entfernung nicht lesen konnte, machten ihn neugierig. Was er kurz darauf las, hätte ihm beinahe einen Lachkrampf entlockt. Er gnuffelte in sich hinein. »Für Ihre Nachrichten«, las er laut, »Ich werde mich umgehend melden. Der tickt ja nicht ganz richtig.«

Dann hob er neugierig den Deckel mit dem Hinweis »Post« an. Die Mülltonne war leer. Klar, wer schrieb schon einem Verrückten?

Und doch war seine journalistische Neugier jetzt geweckt. »Lieferungen« konnten schließlich alles Mögliche sein. Am Ende war das hier ein getarnter Umschlagplatz für Drogen. Solchen Typen war doch alles zuzutrauen.

Hauke ging ein paar Schritte zurück und sah zur Galerie hinauf. Dort entdeckte er einen großen schwarzen Vogel, der ihn von oben neugierig beäugte. »Na, alter Geier, ist dein Herrchen auch zuhause?«, rief Hauke und hielt sich die Hand über die Augen, um noch besser sehen zu können. Es tat sich nichts und der Vogel blieb ungerührt in gleicher Stellung sitzen. »Na dann nicht, du blödes Vieh«, murmelte Hauke und lief und die Mühle herum. Die Verschläge im Erdgeschoss waren verschlossen, so dass er nicht hineinsehen konnte. Wieso war hier eigentlich kein Wagen?

Langsam hatte Hauke die Nase voll. Dann eben keine Story über einen durchgeknallten Ex-Polizisten, dachte er und lief wieder zu seinem Wagen.

Er saß eine ganze Weile, ohne den Zündschlüssel umzudrehen. Irgendetwas hinderte ihn daran, einfach loszufahren. Er starrte auf den Eingang und auf die

Mülltonnen. Schließlich zog er seinen Notizblock aus der Hemdtasche und schrieb etwas darauf. Dann stieg er aus und warf etwas in die Tonne »Ihre Nachrichten für mich«. Es fühlte sich an wie ein beginnendes Puzzlespiel.

Der Adler

Was war das denn für ein komischer Kauz? Stein hatte jeden Schritt dieses neugierigen jungen Mannes, der nur ein Journalist sein konnte, beobachtet. Er hatte dabei lang auf dem Bauch gelegen und sein rechter Arm und sein linker Fuß waren ihm eingeschlafen.

Als der Wagen außer Sichtweite war, kam er schließlich hoch. Wieso hatte der Schmierfink hier herumgeschnüffelt? Er hatte so gehofft, dass man ihn endlich in Ruhe lassen würde. Sein neuer Wohnsitz war für die Leser in Frankfurt völlig belanglos. Doch der dortige Journalist hatte darauf bestanden, es zu erwähnen. Schließlich gab es so etwas nicht alle Tage, dass man sich in dem Alter zur Ruhe setzte und dann auch noch ans Ende der Welt zog, um fortan in einer Mühle zu leben. Stein hatte schließlich nachgegeben. Bald wäre sowieso alles Geschichte. Außer ihm las doch niemand alte Zeitungen.

Und doch war er jetzt wohl hier in Horumersiel aufgeflogen. Ob einer seiner alten Kollegen aus lauter Boshaftigkeit dem Journalisten einen Hinweis gegeben hatte? Selbst seinem Chef würde er so eine Gemeinheit zutrauen.

Der Blondschopf, der sich im Gesicht und Nacken einen heftigen Sonnenbrand zugezogen hatte, war, nachdem er im Wagen saß, noch einmal ausgestiegen und war erneut zum Eingang gelaufen. Das konnte nur bedeuten, dass er eine Nachricht hinterlassen hatte. Im besten Fall. Im schlimmsten Fall hatte er unerlaubt Fotos geschossen, die morgen jeder in der Zeitung sah.

Erschrocken über diesen Gedanken lief Stein schnell nach unten und ging nach draußen. Er hob den Deckel für die Post an, da er dort heute noch gar nicht hineingesehen hatte. Die Tonne war leer. Dann stand er unschlüssig vor der Tonne mit den Nachrichten für sich. Ob etwas darin lag? Und wollte er das eigentlich wissen? Aber er hatte ja selber schuld, wenn er es den Menschen so leicht machte, an ihn heranzukommen.

Schließlich hob er den Deckel der Tonne an und zog einen einmal zusammengefalteten Zettel heraus. Er sah sich noch einmal suchend um und ging dann wieder in die Mühle nach oben in den ersten Stock.

Erst mit dem Gefühl, sich in Sicherheit wissend, las er schließlich auf dem großen Sofa, dass ein Hauke Flessner ihn dringend sprechen möchte. Er hatte eine Handynummer und eine E-Mail-Adresse hinterlassen. Er arbeite für die hiesige Zeitung und würde liebend gerne eine Story über den neuen Besitzer der Mühle schreiben.

Das hatte Stein gerade noch gefehlt.

ER

Gerne sitze ich im Café. Es ist so gemütlich, anderen dabei zuzusehen, wie sie sich angeregt unterhalten, einander Aufmerksamkeit schenken und sich anlächeln. Es hat etwas Friedliches, denn in einem Café geht es immer freundlich zu. Und so macht es mir auch nichts aus, auf ihn zu warten. Einmal verging eine ganze Stunde, in der ich mich an einem Milchkaffee tröstete und meinen Blick über die vielen Gäste, und ab und an ins Freie gleiten ließ. Seitdem man in Lokalitäten nicht mehr rauchen darf, ist es mir bisweilen ein wenig verdrießlich zumute, wenn ich alleine an meinem Tisch kauere und warte. Aber mit der Zeit habe ich mich auch daran gewöhnt. Eine dickliche Blondine, die mit einem Herrn in gesetzterem Alter an einem kleinen runden Tisch mir schräg gegenübersitzt, wirft ab und zu einen Blick zu mir herüber, der mich nachdenklich stimmt. Jetzt lächelt sie auch noch. Ich mache mir nichts aus Blondinen, aber das kann sie ja nicht wissen.

»Darf es noch etwas sein?«

Erschrocken sehe ich auf. Die Kellnerin steht neben meinem Tisch und lächelt mich an. Ich sehe auf meine leere Tasse und schäme mich. Der am Boden verbliebene Milchschaum fängt bereits an, kleine Krusten zu bilden.

Das ist sicher eindeutig zu lange, so in einem Café zu sitzen, ohne etwas Neues zu bestellen. Schließlich ist das hier ja keine Bahnhofshalle und ich warte nicht auf einen Zug.

»Oh ja, sehr freundlich«, bringe ich endlich über die Lippen und bestelle einen weiteren Milchkaffee.

»Sehr gerne«, sagt sie und dreht wieder ab.

Gibt es eigentlich einen schöneren Beruf, als Kellnerin zu sein? Den ganzen Tag von vielen netten Menschen umgeben, denen man nichts schuldet. Außer einem Lächeln, denn das ist wohl im Preis inbegriffen. Kellner wäre nichts für mich. Ich lächle nicht gerne. Jetzt nicht mehr. Schon wieder schweifen meine Gedanken ab und ich finde mich innerlich in einen Konflikt verstrickt verharrend, den ich kürzlich mit meinem Vermieter ausgetragen hatte. Es sei ihm aufgefallen, hatte er genuschelt, dass ich nur selten die Wohnung verließe. Ob es mir nicht gut ginge. Ich vermutete, dass er sich Sorgen darum machte, ob ich auch die Miete weiterhin würde aufbringen können. Bisher war ich ihm keine Rate schuldig geblieben, und so hatte ich keine große Lust, diesem irrelevanten Menschen ausführlich zu antworten. Stattdessen sah ich ihn nur kurz an und ging meiner Wege, hinter mir ein Raunen zurücklassend. Nein, Geschwätzigkeit wird mir niemand nachsagen können.

Die Kellnerin stellt kurz darauf einen weiteren Milchkaffee vor mich auf den Tisch und nimmt im gleichen Ablauf die benutzte Tasse auf, so dass ich ob dieser Geschicklichkeitsübung applaudieren möchte. Ja, möchte ich sagen, Sie machen das wunderbar, genauso wie meine Mutter früher, wenn sie meinem Vater das Essen servierte und hinterher lautlos einen Kaffee zur Verdauung auf den Tisch brachte. Vielleicht wäre auch meine Mutter lieber Kellnerin gewesen. Sie hatte so ein freundliches Wesen, am Anfang jedenfalls. Mein Vater wusste das nicht wirklich zu schätzen, fürchte ich.

»Danke«, sage ich obenhin und beginne augenblicklich, mit meinem Löffel in der Flüssigkeit zu quirlen, so dass sich der weiße Schaum in leichten Drehbewegungen mit der braunen Flüssigkeit vermengt und einen cremigen Anblick bietet.

Ich sehe verstohlen auf die Uhr. Jetzt ist es bereits nach siebzehn Uhr. Langsam gebe ich die Hoffnung auf. Heute wird er wohl nicht mehr kommen. Da geht die Tür auf und er tritt ein. In mir macht sich eine Aufregung breit. Ich liebe dieses Gefühl. Suchend sieht er sich um. Sein Blick wischt auch über mich hinweg. In diesem Moment könnte ich schreien vor Glück. Dann hat er einen freien Platz in der hinteren Ecke entdeckt.

Ein Mann, alleine am Tisch wirkt sicher harmlos auf die anderen Gäste. Doch sie wissen nicht, was ich weiß. Und so können sie und auch er nicht wissen, dass für ihn bald die letzte Stunde geschlagen haben wird.

Der Adler

Am Abend machte Stein sich eine Kartoffelsuppe mit Lauchringen. Dazu öffnete er sich eine Packung vegetarischer Würstchen. Schon seit ein paar Jahren hatte er sich das Essen von Fleisch weitestgehend abgewöhnt. Eine Kollegin in Frankfurt war glühende Verfechterin der veganen Ernährung gewesen und hatte versucht, wirklich jeden in der Dienststelle auf ihre Seite zu ziehen. Man hatte sie belächelt. Und das tat Stein leid. Junge Menschen, die für eine Sache so glühten, die durfte man nicht auslachen.

Und eines Abends war er mit ihr in eines der schicksten Restaurants gegangen, das zwar nicht vegan servierte, doch bei allem, was dort auf den Tisch kam, sorgsam darauf achte, woher es bezogen worden war.

Stein bestellte sich unter anderem einen Gang mit Rind, wo man ihm bei der Aufnahme der Bestellung versicherte, dass dieses Tier ein glückliches Leben hinter sich gehabt hätte, bevor es in die Schlachtung gegangen sei. Die Begleitung von Stein biss die Zähne zusammen und versuchte, ein freundliches Gesicht bei diesen Ausführungen zu machen. Erst als die Bedienung gegangen war, hob sie zu einem weiteren Einwand an. Doch Stein winkte ab. Er habe ja verstanden, worum es ging. Es seien nicht solche Rinder, die glücklich in den Tod gingen, für die sie kämpfe. Es ging ihr vielmehr um die vielen Tiere, die Tag für Tag in Massentierhaltungsanlagen ein Leben fristeten, das man nicht einmal seinem ärgsten Feind gönnen würde. Dankbar sah sie ihn an. Es gab sicher nicht viele, die ihrer Argumentation bis zum Schluss überhaupt folgen konnten.

Aus Rücksicht auf sie änderte er noch einmal seine Menüfolge und bestellte eine Gemüsevariante. Sie quittierte es mit einem Lächeln. Er schien auf dem richtigen Weg.

Gerne dachte Stein an diese Verbindung zurück. Diese junge Frau hatte ihn gelehrt, dass es nicht umsonst sein musste, für seine Meinung einzustehen. Dass es sich lohnte, für etwas zu kämpfen. Dass man gerade im Widerstand so viel Kraft für sich selber gewinnen könne, die man wieder in neue Überzeugungsarbeit stecken müsse.

Die Suppe in dem kleinen Topf auf dem kleinen Herd, der eigentlich für Campingfreunde gedacht war, wurde sämig und blubberte leise vor sich hin. Gerne hätte er jetzt mit dieser jungen Frau, die so zerbrechlich war, zu Abend gegessen. Er gab die Suppe auf einen tiefen Teller und setzte sich damit auf sein großes Sofa.

Seine Gedanken wanderten wieder zu Hauke Flessner. Was hatte er wohl gedacht, als er hier um die Mühle geschlichen war? Sicher vermutete er, dass ein Irrer hier in dem alten Bauwerk hauste. Ob er ihn anrufen sollte? Stein wusste, dass unter seinen Sachen im Erdgeschoss auch noch irgendwo ein Handy sein musste. Er hatte es in der Zeit, in der er jetzt hier war, noch nicht vermisst und bisher nicht danach gesucht. Einzig seinen Laptop hatte er auf den Tisch mit den zwei Stühlen, die neben dem großen Sofa standen, aufgestellt. Er könnte also eine E-Mail schreiben. Doch er dachte nicht im Traum daran, dem Anliegen des Schreiberlings zu Willen zu sein. Niemals würde man über ihn hier in der Zeitung lesen. Also, warum sollte er überhaupt antworten? Er schob den Gedanken an Flessner jetzt beiseite und hing losen Gedanken nach, die ihm in den Sinn kamen. Ein Leben ohne Zeit und Raum war, als ob man in einer anderen Welt spazieren ging, ohne zu wissen wohin.

Stein hatte den leeren Teller auf dem Tisch stehen gelassen und war nach dem Essen auf dem Sofa eingeschlafen. Erst durch das Krächzen von Dorado wurde er wieder geweckt. Die Sonne war bereits untergegangen und in der Mühle hatte sich ein geheimnisvoll wirkendes graues Licht ausgebreitet. Es war angenehm warm und

Stein streckte sich behaglich aus. Er schätzte, dass es bereits nach einundzwanzig Uhr sein musste. Sicher waren schon ein paar Tiere, die er abends gerne von seiner Galerie aus beobachtete, auf Erkundungstour. Niemals hätte er sich zu Zeiten von Abgas, Verkehrslärm und Massen von Menschen vorstellen können, dass es von unbeschreiblicher Schönheit sein konnte, einfach nur ein paar Rehen beim Grasen zuzusehen.

Er entschloss sich, jetzt ein Glas Rotwein zu trinken und dann einen Spaziergang zum Strand zu unternehmen.

Von der Mühle aus waren es vielleicht zwei Kilometer Fußweg und meistens begegnete Stein auf seinen einsamen Wegen nicht einer Menschenseele. Dorado folgte ihm mittlerweile wie ein kleines Hündchen. Offensichtlich suchte auch das Tier Anschluss, war aber wie er, sehr wählerisch.

Er hatte den Strand erreicht, der in Horumersiel aus Rasen bestand. Er setzte sich im Schneidersitz auf den Boden und hörte dem Rauschen des Meeres zu. Am Himmel glitzerten unendlich viele Sterne und der große Mond warf sein Licht auf die Wellen.

Nein, es gab wirklich keinen Grund, seinem Chef in Frankfurt im Groll verbunden zu bleiben. Der Mann wusste ja nicht, was für einen großen Gefallen er ihm getan hatte. Selbst Stein erkannte es ja erst im Nachhinein, nachdem er über ein halbes Jahr durch die Hölle gegangen war.

Die Luft war so mild, dass er große Lust verspürte, auch noch zum Sandstrand nach Schillig hochzulaufen. Die Nacht war ja noch jung.

Hauke Flessner

Es wurmte Hauke, dass dieser Eremit sich selbst nach einer Woche noch nicht bei ihm gemeldet hatte. Und sein Sommerloch klaffte auch wie eine offene Wunde, in der sein Chef mit spitzem Finger gerne herumstocherte.

»Kennst du den neuen Besitzer der Mühle in Horumersiel?«, fragte Hauke seinen jungen Kollegen, der seit einiger Zeit ein Volontariat bei der Zeitung absolvierte.

»Mühle?«, fragte er zurück, »welche Mühle?«

Na ja, er kam nicht von hier.

»Ach nicht so wichtig«, antwortete Hauke gelangweilt. Ob er ihn noch einmal dahin schicken sollte? Aber er hatte ja selber nichts zu tun. Und der Kollege war damit beauftragt worden, sich um Werbetexte zu einem Unternehmen zu kümmern, das in diesen Tagen sein fünfzigjähriges Jubiläum feierte.

»Ich fahr nochmal raus«, sagte Hauke und er nickte ihm kurz zu. So hab ich auch mal angefangen, dachte er. Werbetexte zu schreiben war im Vergleich zu dem, was er jetzt an den Hacken hatte, ein Sonntagsspaziergang.

Wieder waren kein Mensch und kein Auto zu sehen, als Hauke seinen Wagen bei der Mühle abstellte.

Als er auf die Tür zulief, sah er, dass etwas auf der Europalette abgestellt worden war. Neugierig ging er näher ran und sah, dass es eine Holzkiste mit viel Obst und Gemüse war. Also, dass tatsächlich jemand hier wohnte, war schon mal bewiesen.

Und wenn man schon dabei war, dachte Hauke, und öffnete die Deckel der Mülltonnen. Neue Nachrichten an den großen Unbekannten gab es wohl keine. Aber sein Zettel lag auch nicht mehr darin. Also hatte der Typ seine Nachricht gelesen und bewusst nicht geantwortet. Das würde eine harte Nuss werden. In der Tonne für die Post lagen ein Werbeprospekt, die Sonntagszeitung und noch ein paar Umschläge. Er machte den Deckel wieder zu. Wahrscheinlich ging er hier eindeutig zu weit.

»Das ist Hausfriedensbruch«, hörte Hauke plötzlich eine Stimme hinter sich und ließ vor Schreck seinen Notizblock fallen. Er drehte sich vorsichtig um und sah sich einem braungebrannten durchaus sympathisch wirkenden Mann gegenüber.

»Entschuldigung«, stotterte Hauke und bückte sich nach seinem Notizblock. »Es war nicht meine Absicht, hinter Ihnen herzuschnüffeln ...«

»Sieht aber irgendwie anders aus.« Stein zog seine Augenbrauen hoch und musterte Hauke mit zusammengekniffenen Augen.

»Sie haben nicht auf meine Nachricht geantwortet«, sagte Hauke und gewann wieder an Mut.

»Warum gehen Sie davon aus, dass ich sie überhaupt gelesen habe?«, fragte Stein zurück.

»Na, sie ist nicht mehr in der Tonne.«

»Aha. Und Sie sagen also, Sie schnüffeln mir nicht nach, soso ...«

»Eins zu null für Sie«, gab Hauke zu. »Ich wollte ja klingeln, aber ...«

Stein sah gar nicht ein, sich bei ihm für sich und sein Privatleben zu entschuldigen.

»Ich würde es wirklich sehr begrüßen, wenn Sie jetzt mein Grundstück verlassen und nie wieder auftauchen.« Stein hatte seine Hände demonstrativ in seine Hosentaschen vergraben.

In Hauke arbeitete es fieberhaft. Wie konnte er es nur so falsch angegangen sein? Es war doch nicht der erste schwierige Interviewpartner für ihn. Doch wie würde er wohl reagieren, wenn jemand in seiner Post herumschnüffelte. Der Mann vor ihm hatte völlig recht, wenn er ihn jetzt vom Hof jagte. Und doch wollte er sich nicht so einfach geschlagen geben.

»Hören Sie, mein Chef sitzt mir im Nacken«, versuchte Hauke an die Empathie des Fremden zu appellieren. »Er erwartet von mir eine gute Story für das Sommerloch. Ich wäre sonst niemals so dreist gewesen, das können Sie mir glauben.«

Ich glaube dir aber nicht, dachte Stein leicht amüsiert. Sonst wärst du nämlich kein guter Journalist, wenn du nicht über Leichen gehen würdest.

»Hören Sie, ich kann verstehen, dass Sie für Ihre Zeitung alles tun würden«, sagte Stein schließlich. »Das ist Ihr Job. Doch ich bitte auch um Verständnis dafür, wenn ich kein Interesse daran habe, groß in der Zeitung zu stehen. Ich lebe ja schließlich nicht ohne Grund hier in der Pampa.«

Cool, dachte Hauke, der Kontakt war also noch nicht hoffnungslos abgerissen. Mit der Mitleidstour hatte er das Ruder rumreißen können.

»Wissen Sie, ich mache Ihnen einen Vorschlag«, sagte Hauke, »ich werde jetzt einfach verschwinden und in drei Tagen wiederkommen. Sie haben dann also Zeit genug, meine Anfrage noch einmal zu überdenken.«

»Sie geben mir Bedenkzeit?« Stein lachte auf. Der Elan des jungen Mannes gefiel ihm immer mehr. »Aber ich muss Sie jetzt schon enttäuschen, auch wenn ich Ihre Hartnäckigkeit durchaus sympathisch finde. Aber die

Antwort kann ich Ihnen jetzt schon sagen, denn sie lautet auch in drei Tagen noch immer nein.«

»Warten wir's ab«, sagte Hauke und lächelte. »Meine Mutter hat immer zu mir gesagt, dass aus zweimal Nein ein Ja werden kann. Das sei im Leben nicht anders als in der Mathematik.«

Er nickte Stein zu und lief zu seinem Wagen. Dort drehte er sich noch einmal um und hob drei Finger seiner rechten Hand in die Luft. Dann fuhr er los.

ER

Ich habe meinen linken Arm verloren. Es ist komisch. Jeden Morgen schlüpfe ich nach wie vor mit ihm in meinen Hemdsärmel. Mein Arzt sagt mir, dass das so etwas Ähnliches wie Atomschmerz sei. Aber er schmerzt doch gar nicht, hatte ich eingeworfen. Das mache nichts, sagte er daraufhin, das sei ganz natürlich. Er hatte mich dabei angesehen, als hielte er mich für ein wenig aus der Spur geraten. Er konnte mir nichts vormachen, ich kenne diesen Blick. Na ja, er ist auch nur ein Arzt.

Ich versuche jetzt, mit der rechten Hand alles Notwendige zu erledigen. Wenn ich Post bekomme, reiße ich sie mit den Zähnen auf. Kürzlich erst habe ich eine Einladung zu einem Vorstellungsgespräch angenagt. Als ich mich dann bei dem Arbeitgeber vorstellte, hat er mich mit seltsamem Blick gemustert. Ob ich denn sicher sei, für den Beruf geeignet zu sein. Also, der Umgang mit Büromaterialien habe mich schon immer fasziniert, habe ich da wahrheitsgemäß geantwortet. Er schien seine Zweifel nicht überwinden zu können und so bekam ich keine vierzehn Tage später eine Absage mit dem Hinweis, dass man mir für den beruflichen Werdegang alles Gute wünsche.

In letzter Zeit überlege ich immer öfter, wodurch ich meinen Arm ersetzen könnte. Ein präparierter Besenstiel war mir eingefallen. Aber dann machte ich mir doch Sorgen, dass ich eventuell andere Passanten damit verletzen könnte, wenn ich mich mal abrupt umdrehen würde oder in größeren Menschenmengen unterwegs wäre. Und dabei gehe ich doch so gerne durch diese großen Einkaufspassagen. Einen Arm aus Altpapier habe ich dann auch recht schnell wieder verworfen, weil der zusammengedrückt werden könnte und mein Trick durchschaut würde. Man muss dazu wissen, dass ich nicht gerne in der Öffentlichkeit stehe oder gar bloßgestellt werde. Lieber ist es mir, man bemerkt mich nicht. Das Gefühl hat sich schon in der Kindheit entwickelt. Es mag damit zusammenhängen, dass ich einmal ein Gespräch meiner Eltern belauscht habe. Meine Mutter sagte, dass sie sich manchmal wünschen würde, ich wäre nie geboren und mein Vater antwortete, da hätte sie eher dran denken sollen, bevor das Kind in den Brunnen gefallen war. Ich weiß noch, dass Brunnen mir seitdem unheimlich wurden. Wenn ich einen Stein hineinwarf, schaute ich zu, wie das Wasser Kreise bildete. Der Stein war weg. Wasser wurde mir suspekt. Was dieser Spruch mit dem Brunnen eigentlich zu bedeuten hatte, habe ich erst erfahren, als es längst zu spät war.

Als ich heute Morgen aufwachte, bekam ich einen Schreck. Ich spürte meinen linken Fuß nicht mehr. Wie sehe ich aus, wenn ich links so unvollständig bin, schoss es mir als Erstes durch den Kopf. Bin ich dann nur noch die Hälfte wert? Als Mensch, meine ich. Und was, wenn sich dieser Verlust auf mein linkes Bein ausdehnt. Gibt es Menschen, die halbseitig leben? Dass man nicht vollkommen sein musste, um glücklich zu sein, das hatte ich schon gehört. Aber nur halb vorhanden sein, das war mir neu. Ich spann diesen Gedanken weiter, nachdem ich mir einen Schnellkaffee ins Bett geholt hatte. Es gab keinen Grund aufzustehen und das Problem mit meinem Körperteilverlust erforderte jetzt meine ganze Kraft.

Während ich durch das Fenster die Vögel beobachtete, wie sie Brotkrumen, die ich ihnen in den Garten gestreut hatte, aufpickten, rann der heiße Kaffee auf mein linkes Knie, weil ich den Becher nicht unter Kontrolle hatte. Als ich es bemerkte, wunderte ich mich nicht mehr. Es war gekommen, wie ich es hatte abwenden wollen. Es half nichts, ich hatte mich in mein Schicksal zu fügen. Nachdem mir das klar geworden war, schlug ich die Bettdecke zurück und ging ins Badezimmer, um mich ausgehfertig zu machen. Ich musste zum Haus meiner Eltern fahren. Auch wenn ich es lange nicht gesehen hatte, so lag vielleicht das Geheimnis meines physischen

Dilemmas in dieser Kleinstadt, die ich bisher soweit es ging, gemieden hatte. Nach einem fahrigen Frühstück zog ich mein linkes Bein ohne weitere Bedenken in den Wagen. Die Fahrt in die Kleinstadt würde zwei Stunden dauern, wenn es keine Unwägbarkeiten gab. Also hatte ich mir eine Scheibe Brot mit meiner Vorzugsleberwurst und eine Kanne mit Kaffee in meinen Rucksack gepackt. Die erste Stunde verlief problemlos. Dann wurde im Radio durchgegeben, dass ein Lastwagen von der Fahrbahn abgekommen war. Es sei mit Verzögerungen zu rechnen. Ob der Fahrer auch am Phänomen der Halbseitigkeit litt, ging es mir durch den Kopf, und er deshalb die Gewalt über sein großes Fahrzeug verloren hatte? Zum ersten Mal zog ich in Erwägung, dass ich nicht der einzige Betroffene sein musste. Dieser Gedanke riss mich zu einem Lächeln hin. Weniger aus Schadenfreude denn aus dem Gefühl heraus, dass noch mehr Kinder in den Brunnen gefallen sein könnten.

Die Weiterfahrt plätscherte ohne weiteres dahin. Kurzzeitig drohte ein Krampf im rechten Bein. Ich war es nicht gewohnt, so lange in gleicher Körperhaltung zu verharren. Ich nahm den Fuß vom Gas und schüttelte ihn kurz. Es kribbelte und ich setzte die Fahrt fort. An der nächsten Raststätte wollte ich halten, um einen Kaffee zu trinken. Ein Schild versprach die nächste Möglichkeit in drei Kilometern, das schien mir akzeptabel. Nach einer Weile setzte ich den Blinker und bog auf den Rastplatz ab. Da ich den Gang auf diese verdreckte Raststättentoilette vermeiden wollte, trank ich nur sparsam vom Kaffee und aß mein Leberwurstbrot. Dabei beobachtete ich ein älteres Ehepaar, das sich nicht mehr bei der Hand hielt. Undenkbar in der Anfangsphase einer Verliebtheit, dachte ich bei mir. Dass man sich nicht berührte. Vielleicht spürten sie sich ja auch nicht mehr. Nie hätte ich es für möglich gehalten, dass eine Autobahnfahrt auch der Kenntniserweiterung dienen könnte. Ich war überrascht und beschloss, öfter als bisher aus dem Haus zu gehen.

Nicht ohne noch einem Mercedes die Vorfahrt zu nehmen, setzte ich meine Reise fort. Es erfüllte mich mit Genugtuung, dass ich diesen Kampf gewonnen hatte. Der Krieg findet heutzutage auf Deutschlands Autobahnen statt, dachte ich. Vielleicht war es von Nachteil, dass man sich nicht mehr Pfeil und Bogens bediente, das wäre ein fairer Kampf gewesen. Ich rief mich zur Ordnung und konzentrierte mich auf den Verkehr. Nun waren es noch zwanzig Kilometer bis zu meinem Heimatort, wobei es mir schwerfiel, das Wort Heimat zu denken. An die Formulierung hatte ich mich bisher nicht herangetraut. Dann sah ich es. Es kam unvermittelt, obwohl es eine logische Abfolge der heruntergefahrenen Kilometer war.

Das Straßenschild zeigte den Ortsnamen in bedrohlichen Lettern. Ich war gezwungen, in eintausend Metern den Blinker zu setzen und rechts abzubiegen. Nach weiteren fünfhundert Metern fingen die ersten ängstlichen Autofahrer mit diesem Vorgang an. Ich entschied für mich, dass das noch zu früh sei. Ich war noch nicht so weit. Ich nahm den Fuß vom Gas und wurde prompt von einem Kleinwagen überholt, den ich noch nicht in der Werbung gesehen hatte. Noch einhundert Meter, so wurde mir durch einen Begrenzungsstein am rechten Fahrbahnrand signalisiert. Jetzt musste ich rüber auf die Abbiegespur. Mir brach der Schweiß aus und meine Hände klebten am Lenkrad, als wären sie festgenagelt. Mein rechter Arm, der alles alleine bewältigen musste, hatte eine starre Haltung angenommen, die ich nicht mehr kontrollieren konnte. Bieg jetzt rechts ab, versuchte ich ihm zuzurufen, doch er blieb stur. Noch fünfzig Meter. Dann war alles vorbei. Ich sah die Ausfahrt nur noch im rechten Augenwinkel und schloss mich dem dahingleitenden Autotross an.

Mord in Schillig

Mona Lu hätte an diesem Morgen lieber noch ein wenig weiter geschlafen. Doch ihr Handy klingelte erbarmungslos und schlug ihr *Thunder Stroke* um die Ohren. Mechanisch griff sie auf den Nachttisch und hielt das Gerät an ihr Ohr.

»Ja ... hallo ...«

»Mona Lu?«

Wen hatte ihr Kollege wohl sonst erwartet?

»Ja«, sagte sie matt. »Was ist denn los? Weißt du, wie spät es ist?«

»Gleich fünf Uhr dreißig«, sagte er.

»Was ist denn passiert?«, fragte Mona Lu, als der Kollege nichts weiter sagte, und setzte sich auf. Sie ärgerte sich, dass man ihm alles aus der Nase ziehen musste. Ein sturer Ostfriese, dachte sie und stöhnte auf.

»Die haben da einen am Strand gefunden«, sagte der Kollege.

Aha. »Ist der etwa tot?« Mit halbem Bein war sie jetzt schon aus dem Bett.

»Ja, mausetot. Er hat ein großes Messer in der Brust.«

»Tja, das dürfte wohl reichen. Ich bin gleich da, aber wo genau muss ich eigentlich hin?«

»Schillig«, sagte er, »dann siehst du es schon.«

Mona Lu setzte einen Kaffee an und lief ins Bad. Für den armen Kerl konnte man doch sowieso nichts mehr tun. Es würde der erste große Fall in diesem Sommer hier an der Küste werden. Jede Menge Stoff für Tratsch und die Lokalpresse. Das gefiel ihr gar nicht.

Eine halbe Stunde später wusste sie, was ihr wortkarger Kollege gemeint hatte. Blaulichter zeigten ihr schon von weitem den Weg. Mit einem Absperrband war alles rund um die Leiche großzügig eingezäunt worden, wobei sie sich fragte, was die Spurensucher hier in dem ständig vom Wind aufwirbelnden Sand am Strand wohl finden sollten. Fußabdrücke sicher nicht. Und alles andere wie Feuerzeuge, Kinderspielzeug und einzelne Socken konnten jedem der zig Tausend Strandbesucher gehören, die hier täglich unterwegs waren.

»He, Mona Lu«, wurde sie von dem Gerichtsmediziner Jan Oberstadt begrüßt. »Ich würde sagen, du kommst zu spät, um da noch was zu retten.«

»Sehr witzig«, ging Mona Lu auf die kleine Stichelei ein. »Hast du das Messer schon aus ihm rausgezogen?«

»Nein, natürlich nicht.« Er hob abwehrend die Hände. »Ich weiß doch, wie du es hasst, wenn man deine Spuren kaputtmacht.«

»Cleveres Kerlchen.« Mona Lu ging neben dem Opfer in die Hocke.

Bei dem Toten handelte es sich um einen leicht übergewichtigen Mann um die fünfzig. Er war mindestens einen Meter achtzig groß und hatte muskulöse tätowierte Arme, was man aufgrund seiner leichten Sommerkleidung sofort erkennen konnte. Er trug eine rote Shorts und ein blauweiß kariertes kurzärmeliges Hemd. Seine Füße waren nackt.

»Wo sind die Schuhe?«, fragte Mona Lu.

Ihr Kollege Bastian Freitag, der sie angerufen hatte, zuckte mit Schultern. »Wenn er welche anhatte, dann sind sie jetzt weg.«

»Also könnte er auch barfuß hierher gekommen sein«, murmelte Mona Lu mehr für sich selbst.

»Klar, bei dem Wetter wäre das ja nicht so ungewöhnlich«, sagte Freitag.

»Sucht lieber noch im Umkreis von zwei Kilometern«, ordnete Mona Lu an. »Man weiß nie, wo man das Opfer angefallen hat.«

»Geht klar«, sagte Freitag und trottete davon.

»Wie lange ist er schon tot?«, fragte Mona Lu jetzt an den Gerichtsmediziner gewandt.

Jan Oberstadt legte eine Hand ans Kinn. »Hm ... ich würde sagen, rund vier bis fünf Stunden.«

»Also heute Nacht«, sagte Mona Lu. »Du kriegst sicher noch raus, ob er tatsächlich an dem Messerstoß gestorben ist. War es eigentlich nur ein einziger Stich?«

»Allerdings«, sagte Oberstadt. »Und das Messer wurde mit ziemlicher Wucht in seine Brust gerammt, würde ich sagen.«

»Also Wut«, konstatierte Mona Lu.

»Ist dir das eigentlich nicht zu warm in deiner Lederjacke?«, fragte Oberstadt.

Mona Lu reagierte nicht darauf. So langsam hatte sie keine Lust mehr, all die dämlichen Fragen zu ihrem Outfit zu beantworten. Was ging es überhaupt irgendjemanden an, was und wie viel sie anhatte.

»Wissen wir denn, wer der Tote ist?«, fragte sie stattdessen.

»Jo. Ein Fritz-Dieter Grube aus Fallingbostel. Sein Portemonnaie war in seiner Hosentasche. Die Kollegen von der Spurensicherung haben es schon eingetütet, aber wenn du willst ...«

»Ach, lass man. Ich sehe es mir später an. Aber was liegt denn da eigentlich?« Erst jetzt stach Mona Lu ein Gegenstand ins Auge, der direkt neben der rechten Seite des Brustkorbs lag. Er war irgendwie bunt. Vielleicht hatte sie es übersehen, weil sie nur auf die Wunde und das Messer gestarrt hatte.

»Tja, das haben wir extra liegen lassen, bis du da bist. Ich dachte schon, du fragst nie«, flachste Oberstadt.

Mona Lu rollte mit den Augen. Der junge Gerichtsmediziner ging ihr so langsam auf die Nerven. Glaubte er vielleicht, nur weil sie klein und zierlich war, musste er sie nicht ernst nehmen? »Also, ich höre!«

»Das ist eine Spieluhr«, sagte der Gerichtsmediziner.

»Spieluhr?« Mona Lu wurde hellhörig. Denn so, wie sie da lag, konnte sie nicht zufällig dahin gekommen sein. »Welches Lied spielt sie?«

»Das wissen wir noch nicht. Wir wollten, dass du dir zuerst ein Bild von dem Gegenstand und seiner Platzierung machen solltest.«

Okay, vielleicht war er ja doch nicht so blöd, wie er manchmal tat. Mona Lu ging in die Hocke und zog sich Gummihandschuhe über. Dann zog sie vorsichtig die Spieluhr, die die Form einer lustigen Puppe hatte, zwischen dem Arm und dem Brustkorb des Opfers hervor. Die Puppe hing an einem roten Band und Mona Lu ließ sie baumeln. Das aufgemalte Gesicht lächelte. Dann zog Mona Lu an dem Band, das zwischen den Beinen der Puppe herausragte und am Ende eine rote Kugel hatte, damit das

Band nicht ganz in der Puppe verschwand. Alle horchten gespannt und das Meer rauschte dazu.

»Das ist das Kinderlied LaLeLu ...«, sagte Mona bereits nach den ersten Tönen. »Wer kennt das Lied nicht.« Sie sah auf die Puppe, die keine Miene verzog, als die Schnur immer weiter in ihr Innerstes kroch, bis das Lied verstummte.

»Ja, das stimmt. Das ist das Lied«, bestätigte Oberstadt. »Gehört neben *Guten Abend ... Gute Nacht* sicher zu den Beliebtesten für solche Spieluhren für Kleinkinder.«

»Tja, für Kleinkinder.« Mona Lu kam aus der Hocke hoch. Sie drückte die Spieluhr einem Kollegen in die Hand. »Bitte eintüten und zu den anderen Sachen.«

Sie wollte gerade ein paar Fotos mit ihrem Handy machen, als sie eine ihr allzu vertraute Stimme hinter sich vernahm.

»Bilder kannst du auch von mir jede Menge kriegen.«

Mona Lu drehte sich um.

»Woher weißt du denn schon wieder von der Leiche?«, fragte sie sauer.

»Ich habe meine Quellen. Und? Darf ich ein paar Fotos schießen?«

Sie kniff die Lippen zusammen. »Du weißt, dass die Presse hier nichts zu suchen hat. Und seit wann fragst du überhaupt?«

»Ach Mensch Mona, um der guten alten Zeiten willen.«

Hauke hatte sich also immer noch nicht angewöhnen können, sie bei ihrem vollen Namen zu nennen. Nur ungern erinnerte sie sich in diesem Augenblick an ihre kurze Affäre zurück, die im Winter begann und Anfang des Sommers schon wieder vorbei war.

»Na, von mir aus«, sagte sie schließlich. »Aber ich will das Foto, das du in die Zeitung bringst, vorher sehen, okay?«

»Ehrenwort«, sagte er und bereits im nächsten Moment flammte das Blitzlicht auf. Endlich hatte er eine Story für das Sommerloch. So konnte er seinem Chef wieder gegenübertreten.

Mona Lu sah ihm dabei zu, wie er um den Toten herumsprang. Wie hatte sie sich bloß in ihn verlieben können?

»Hast du jetzt alles?«, fragte sie genervt nach einer gefühlten Ewigkeit.

»Ich denke schon. Und? Wollen wir noch einen Kaffee zusammen trinken? Auf den Schrecken könnte ich einen vertragen. Als ich den Anruf bekam, lag ich noch im Tiefschlaf.«

Nicht nur du, dachte Mona Lu. Zähneknirschend willigte sie ein. Sie wusste nur zu gut, dass ihr Verhalten sich auf die Auswahl seiner Bilder und den Text in dem Artikel auswirken würde. Und sie wollte unnötig brutale Schlagzeilen unbedingt vermeiden. Denn auch sie hatte einen Chef im Nacken.

Sie setzten sich in ein Café am Strand, das bereits um diese Zeit für die ersten Gäste mit einem Frühstücksbuffet wartete.

»Hier, du kannst die Bilder alle auf dem Schirm durchklicken«, bot Hauke an, als sie ihre Bestellung aufgegeben hatten.

Mona Lu griff nach der Kamera und tippte auf die entsprechende Taste. Hauke hatte das Messer bis in die Eintrittswunde in Makro-Aufnahme festgehalten. »Das bringst du aber nicht, da sind wir uns ja wohl einig«, sagte sie mahnend.

»Quatsch, natürlich nicht«, lenkte Hauke sofort ein. »Das ist nun mal auch eine interessante Perspektive, aber eher für mich und meine Schatzkiste.«

»Was ist das denn?« Mona Lu war mit den Bildern des Opfers durch und jetzt auf das Foto mit den Mülltonnen mit den Schildern angelangt.

»Ach das«, sagte Hauke, der froh war, dass sie nicht bei anderen Fotos war. »Das ist nur der Postkasten eines Verrückten.«

Mona Lu runzelte die Stirn. »Postkasten? Du willst mich wohl veräppeln.«

»Nein, echt. Da wohnt jetzt ein Verrückter in der alten Mühle in Horumersiel. Er hat eine Tonne für die Post, eine für persönliche Nachrichten an ihn und dann noch eine Europalette, wo man ihm Gemüse anliefert.«

Mona Lu lachte auf. »Dann muss es wirklich ein Verrückter sein«, sagte sie und gab Hauke die Kamera zurück.

»Ich wollte eine Story über ihn schreiben«, erzählte Hauke weiter. »Doch noch konnte ich ihn nicht weichkochen. Aber jetzt hab ich ja endlich eine Leiche.«

»Na, was für ein Glück«, sagte Mona Lu. »Sicher was Interessanteres für die Leser, als so ein Verrückter.«

»Na ja, ich bin immer noch an der Sache dran. Ich habe ihm bis morgen Zeit gelassen, es sich noch einmal zu überlegen.«

»Du erpresst den Mann?«

»Nein. Es ist eher so ein Spielchen zwischen uns. Beim ersten Mal hab ich nur seine Tonnen gesehen, beim zweiten Mal haben wir uns schon unterhalten. Und ich wette, beim dritten Mal krieg ich mein Interview.«

Das Frühstück kam und sie schenkten sich Kaffee ein.

»Und was ist an diesem Mann überhaupt so interessant, dass du dir so eine Mühe machst?«, fragte Mona Lu und schmierte sich ein Brötchen mit Käse.

»Tja, das ist eine ganz merkwürdige Sache«, sagte Hauke und legte sein Messer beiseite. »Er ist nämlich nicht von hier, sondern kommt aus Frankfurt.«

»Frankfurt? Echt?« Mona Lu erinnerte sich an ihre eigene Zeit dort gerne zurück.

»Ja, er war Polizeipsychologe ...«

In Mona Lu schrillten die Alarmglocken.

»Er ist noch gar nicht so alt, und trotzdem hat man ihn schon in den Vorruhestand versetzt. Und du rätst nicht, wie man ihn dort immer genannt hat.« Er sah sie herausfordernd an.

»Der Adler«, sagte Mona Lu und schluckte.

»Ja«, sagte Hauke enttäuscht, der sich seiner Pointe beraubt sah. »Aber woher weißt du das denn?«

»Ich habe schon mal mit ihm gearbeitet vor einer Ewigkeit«, sagte sie versonnen. »Vielleicht besuche ich ihn einfach mal.«

»Wow. Das ist ja echt krass. Dann will ich aber mitkommen. Du bist dann sozusagen mein Türöffner.«

»Das kannst du dir abschminken«, sagte Mona Lu bestimmt. »Und in Zukunft lässt du den Adler in Ruhe, verstanden?«

Hauke wich erschrocken zurück.

»Sorry«, beschwichtigte Mona Lu. »Aber du wirst den Adler nicht belästigen, versprich mir das.« Sie sah ihm mit ihren dunklen Mandelaugen direkt ins Gesicht. »Denk an die Story, die ich dir gerade verschafft habe.«

»Okay, du hast gewonnen«, gab sich Hauke geschlagen. Morgen lief sein Ultimatum mit dem Adler ab. Und er dachte ja gar nicht daran, diesen Termin sausen zu lassen.

ER

»Ich glaube, ich kann mich nicht an mein Leben gewöhnen«, sagte ich einmal und setzte ein schiefes Lächeln auf, um meinen Therapeuten von meinem Sinn für Ironie zu überzeugen.

»Hm...«, knurrte Hans Häuschen und quetschte seinen rechten Daumen mit der linken Hand. »Das müssen sie auch gar nicht, es reicht doch eigentlich schon, wenn sich andere an Sie gewöhnen«, sagte er nach einer Weile und ließ von seinem Daumen ab.

»Ich glaub, das schaff ich auch nicht«, seufzte ich.

»Was macht Ihnen denn so furchtbar zu schaffen?«, fragte er.

»Es ist alles so billig«, sagte ich und blickte aus dem Fenster.

»Was meinen Sie mit billig?«

»Jeder kann sich kaufen, was er möchte, wozu sollte man sich da noch anstrengen?«

»Das ist ein interessanter Gedanke«, raunte er und erhob sich aus seinem großen Ledersessel. »Warum glauben Sie, dass das Leben sich nur lohnt, wenn man sich anstrengen muss?«

»Habe ich das gesagt?«

»Indirekt würde ich sagen, Sie möchten anscheinend nichts geschenkt.«

»Mir hat noch nie jemand was geschenkt.«

»Haben Sie das vermisst, dass Ihnen jemand etwas schenkt?«

»Es muss mir niemand etwas schenken, ich kann für mich selbst sorgen.«

»Mussten Sie schon früh für sich selber sorgen?«

»Sie meinen als Kind?«

»Ich meine, hatten Sie das Gefühl, dass sich niemand wirklich um Sie kümmert?«

»Ich weiß nicht, ich war doch noch ein Kind.«

Der Therapeut lief durch den großen Raum, der nach Zedernholz roch. Auf einem runden Holztisch stand ein Aschenbecher und es lag eine angerauchte Zigarre darin. Hans Häuschen schob seinen rechten Arm hinter seinen Rücken und fuhr langsam seine Wirbelsäule hinauf und wieder hinunter. Anscheinend wollte er mir Zeit für diese entscheidenden Fragen geben.

»Ich hatte einen Hund«, sagte ich, als ich die Stille nicht mehr ertrug.

»Und um den haben Sie sich gekümmert, nehme ich an.«

»Vielleicht, aber eigentlich war es sicher umgekehrt, denn er hat mich immer nach der Schule abgeholt und nach Hause begleitet.«

»Was passierte danach?«

»Ich habe mir das Essen vom Vortag aufgewärmt.«

»Und haben Sie dem Hund auch zu fressen gegeben.«

»Der hat immer erst etwas bekommen«, sagte ich. »Und er hat mir die ersten Bissen immer aus der Hand gefressen.«

»Das war ein großer Vertrauensbeweis«, sagte der Mann, der mir jetzt direkt in die Augen sah.

»Ich denke, er hatte Hunger«, sagte ich und konnte ihm nicht ausweichen.

»Hätten Sie Ihren Eltern gerne so ein Vertrauen entgegengebracht?«

»Wer sagt Ihnen denn, dass dem nicht so war?«, sagte ich und wendete mich ärgerlich ab. »Meine Eltern konnten doch nichts dafür.«

Der Adler

Am heutigen Morgen hatte Stein sich ein asiatisches Frühstück gemacht. Er hatte dieses Ritual selber erfunden. Dazu gehörte eine große Kanne grüner Tee, eine gestückelte Pampelmuse gemischt mit Limettenstreifen und roher Lachs. Dazu aß er Reistafeln. Für ihn eine gelungene Mischung, die hier in seine Mühle viel besser passte als in die Stadt.

Dorado kam ab und an hereingeflogen und luchste Stein ein Stückchen Fisch ab.

Gleich würde er sich die nächsten Ausgaben der FAZ vornehmen, dachte er, und ließ seinen Blick über die Holzwände wandern. Am liebsten hätte er sie dunkelblau gestrichen. Und hier und da einen weißen Streifen eingesetzt. Doch der Gedanke, dass ein möglicher nachfolgender Besitzer alles dann wieder mühsam würde abbeizen müssen, hatte ihn bisher davon abgehalten. Er hatte sich einen Zeitraum von einem Jahr gesetzt. Dann wollte er sicher sein, ob er hier blieb oder woanders hinging.

Ein lautes Geräusch riss ihn aus seinen Überlegungen. War das Dorado, der da krächzte? Er hörte noch einmal genau hin. Da war es wieder, dieses durchdringende

Geräusch. Und es war eindeutig kein Krächzen, sondern eher ein schriller Pfiff. Gab es einen Vogel, der sich so bemerkbar machte? Er hatte sich schon alle möglichen Vogelstimmen angehört, weil ihn die Welt der gefiederten Freunde faszinierte. Aber so etwas, das war bestimmt noch nicht dabei gewesen. Neugierig ging Stein auf die Galerie und sah in die Landschaft. Er wollte schon wieder reingehen, als er plötzlich eine Gestalt sah, die gerade unter dem Dach verschwand.

War das etwa wieder dieser unsägliche Journalist? Aber der pfiff doch nicht. Es gab nur einen Menschen, den er kannte, der dieses Rufzeichen verwendete.

»Adler?«, hörte er plötzlich und wusste sofort, dass sie es war. Er beugte sich über das Geländer und sah sich suchend um.

»Mona Lu?«

Jetzt winkte sie zu ihm rauf. »Meine Güte, das ist ja wie in Fort Knox, wenn man dich besuchen will.« Sie wirkte erleichtert, dass er sie endlich bemerkt hatte.

»Warte, ich mach dir auf.« Mit schnellen Schritten lief Stein nach unten und öffnete die Eingangstür, vor der Mona Lu bereits wartete.

»Da staunst du was?« Sie sah ihn mit schiefgelegtem Kopf an.

Ihm fiel auf, dass sie abgenommen hatte. Ihre ohnehin schon kleine zierliche Figur war noch zerbrechlicher geworden. Und sie trug immer noch ihre alte schwarze Lederjacke, die aussah, als hätte sie diese aus dem letzten Jahrhundert herübergerettet.

»Komm doch erst mal rein«, sagte er. »Ich habe gerade gefrühstückt. Ein wenig ist noch da.« Er lief die Stufen in den ersten Stock voraus.

Mona Lu sagte nichts zu der Unordnung im Erdgeschoss.

»Ach, Hunger hab ich eigentlich gar nicht«, sagte sie, als er mit der Hand auf das große Sofa zeigte.

»Gemütlich hast du es hier«, sagte sie zur Bestätigung, als sie Platz nahm. »Aber was um alles in der Welt hat dich hierher verschlagen?«

»Das könnte ich dich wohl auch fragen«, meinte er und reichte ihr eine Teetasse.

»Oh, du hast wieder dein asiatisches Frühstück gemacht«, stellte sie fest, als ihr Blick über den Tisch wanderte. »Und das hier bei den Friesen.« Sie lachte.

»Wie hast du überhaupt erfahren, dass ich hier wohne?« Stein setzte sich neben sie.

»Ach, das weiß ich von einem neunmalklugen Journalisten«, antwortete Mona Lu.

»Hm, das ist sicher der, der mir auch seit Tagen auf die Nerven geht.«

»Genau der«, bestätigte sie. »Wie ich gehört habe, erpresst er dich quasi.«

»Na ja, das ist sicher übertrieben. Aber er ist schon so etwas wie ein lästiges Insekt. Wobei ich den Tieren wirklich nicht unrecht tun möchte.«

»Das passt schon ...«

Es entstand eine Stille, die beide genossen. Sie hatten sich in Frankfurt kennen gelernt, als Mona Lu dort in ihrer Ausbildungszeit eingesetzt war. Beide waren Einzelgänger und witterten vom ersten Augenblick an, wie es dem anderen ging. Etwas Unsichtbares hatte sie zueinander hingezogen. Und dabei ging es nicht um Körperliches. Sie waren so etwas wie Seelenverwandte, hatte Mona Lu einmal gesagt und vermutlich recht gehabt. Als sie für eine andere Aufgabe in Berlin vorgesehen war, hatten sich ihre Wege getrennt.

»Du siehst wirklich gut aus«, sagte Stein. »Die Luft bekommt dir wohl gut.«

Sie nickte.

»Was hat dich denn hierher verschlagen, nachdem du die Verbrecher in Großstädten gejagt hast?«

Sie runzelte die Stirn und zuckte mit den Schultern. »Das ist eine lange blöde Geschichte ...«

»Also die Liebe«, sagte er.

Sie nickte wieder.

»Dann muss ich gar nicht mehr wissen. Die Liebe reißt einen zu irrationalen Handlungen hin, die man sowieso nicht erklären kann.«

»Ja«, seufzte sie. »Aber das Kapitel habe ich auch schon wieder geschlossen. Und du? Warum bist du hier?«

»Das ist eine noch blödere Geschichte«, sagte Stein und machte ein ernstes Gesicht. »Man hat mir übel mitgespielt.«

»Hauke sagte etwas von Frühpension. Stimmt das?«

Stein blieb stumm. Es war eine Sache, dass Mona Lu ihn aus ehrlichem Interesse fragte. Aber, dass dieser Schreiberling jetzt praktisch über sein Leben recherchierte und andere da mit hineinzog, war eine ganz andere Situation, die ihm nicht behagte.

»Du musst mir nicht antworten«, sagte Mona Lu. »Worte sind doch auch nur Worte. Gib mir deine Hand.« Sie reichte ihm ihre entgegen.

Stein legte seine Hand in ihre hinein, sie lehnten sich zurück und sahen in den blauen Himmel.

»Ich habe eine Leiche«, sagte Mona Lu in die Stille hinein.

»Das habe ich geahnt.«

Sie sah zu ihm herüber.

»Dein Puls ist dann immer so schnell«, sagte er und blickte ihr eindringlich in die Augen. »Aber du weißt, dass ich aus der Sache raus bin, oder?«

»Man ist da nie raus«, antwortete Mona Lu gelassen. »Und das weiß keiner besser als du selbst.«

Sie schwiegen wieder und sahen weiter in die Natur.

»Ich beneide dich«, sagte sie, »es wirkt alles so friedlich hier.«

»Und doch werden auch hier Menschen umgebracht«, sagte er, als nähme er es seinem neuen Domizil übel.

»Ja, das ist leider so. Soll ich dir von ihm erzählen?«

»Sind nicht alle Toten gleich?«

»Vielleicht. Aber bei diesem haben wir etwas gefunden, dass eine Richtung anzeigen könnte.«

Stein ließ ihre Hand los. »Dein Puls geht mir zu schnell«, sagte er und lächelte. »Du bist wie ein kleines Kind, dass ein neues Spielzeug geschenkt bekommen hat.«

»Mit Spielzeug liegst du gar nicht so weit daneben«, sagte sie und strahlte ihn an. »Der Täter hat eine Spieluhr beim Opfer hinterlassen ...«

»Mit welchem Lied?«

»LaLeLu ... nur der Mann im Mond schaut zu«, summte Mona Lu. »Was soll uns das wohl sagen?«

»Vielleicht, dass sonst niemand etwas von seinen Taten weiß.«

»Das ist doch wohl klar«, erwiderte sie. »Welcher Täter posaunt schon überall heraus, dass er jemanden umbringen will.«

»Ich rede nicht vom Täter«, sagte Stein in ruhigem Ton. »Ich rede von dem Opfer. Er muss irgendetwas getan haben, dass es für den Täter schlüssig erscheinen ließ, dass er sterben musste. Die Spieluhr ist ein ganz klarer Beweis dafür, dass es irgendetwas mit der Kindheit des Täters zu tun haben muss.«

»Mein Güte, Adler. Ich habe doch gewusst, dass es richtig ist, zu dir zu kommen.«

»Du hättest es auch selber herausgefunden, liebe Mona Lu.«

»Vielleicht. Aber mit dir macht die Arbeit doch viel mehr Spaß. Wollen wir vielleicht einen Spaziergang machen, das Wetter sieht so herrlich aus da draußen«, schlug sie vor.

Stein schüttelte mit dem Kopf. »Ich gehe nie bei Tageslicht aus dem Haus.«

Verwundert sah sie ihn an. »Du veräppelst mich jetzt, oder?«

»Nein, es stimmt. Ich möchte niemandem begegnen.«

»Aber du musst doch auch mal raus und dich an der frischen Luft bewegen ...«

»Das mache ich nur nachts.«

Lange studierte Mona Lu seine Gesichtszüge und wartete auf das erlösende Lachen ihres Gegenübers. Doch sie wartete vergebens. Er schien es bitterernst zu meinen. Was hatten ihm die Kollegen in Frankfurt nur angetan?, fragte sie sich.

Nach einer weiteren Stunde, in der sie versucht hatte, die Bitterkeit der letzten Unterhaltung irgendwie rumzubiegen, verabschiedete Mona Lu sich mit dem Versprechen, wiederzukommen.

Die Presse

So ein fetter Fisch und das im Sommerloch. Hauke Flessner konnte sein Glück immer noch nicht fassen. Als er mit den ersten Fotos vom Opfer zu seinem Chef gerannt war, hatte dieser ihm anerkennend auf die Schulter geklopft.

Jetzt musste er die Story nur noch schreiben, denn schon am nächsten Tag sollte sie auf der Titelseite angerissen werden. Er hatte Mona Lu alle Fotos per E-Mail geschickt und wartete jetzt auf ihr Okay, für das, was er selber favorisierte. Im Vergleich zu der Aufnahme vom Messer in der Brust in Detailformat war es relativ harmlos. Es zeigte das Opfer eher als Schemen und im Hintergrund die See war scharf. Wenigstens das würde sie ihm hoffentlich durchgehen lassen.

Er tippte die Headline in die Tastatur: *Brutales Verbrechen am Strand von Schillig*. Und darunter: *Die Suche nach dem Täter läuft bereits auf Hochtouren.* Hauke hatte bisher nicht mit Mona Lu darüber gesprochen, ob sie den Text autorisieren musste. Also war er frei in seinem Handeln. Die Polizei selber würde auch einen Text rausgeben, den er für die Details hinzuzog.

Sein Handy klingelte, es war Mona Lu.

»Hey Mona, hast du die Fotos bekommen?«

»Ja, das hab ich. Und ich bin einverstanden mit dem Foto, das du ausgesucht hast, das wollte ich nur sagen.«

Ihm fiel ein Stein vom Herzen. Das weitere Foto im Innenteil würde er erst im Nachgang diskutieren. Sicher wäre sie stinksauer, wenn sie es morgen sah. Doch sie hatten schließlich nur von einem Foto gesprochen, bei dem sie Mitspracherecht hatte.

»Toll, danke«, sagte er.

»Wann wird der Artikel erscheinen?«

»Morgen, ich tippe gerade daran.«

»Und? Bekomme ich den auch vorab?«

Mist.

»Hm ... ich weiß nicht, ob ich das noch bis Redaktionsschluss schaffe, den auch noch mit dir abzusprechen. Mein Chef sitzt mir schon im Nacken, der will den vorher auch noch haben.«

»Wenn du ihn deinem Chef schicken kannst, dann doch sicher auch mir«, sagte Mona Lu. »Ich hoffe, wir haben uns verstanden, sonst war es das letzte Mal, dass du eine Exclusivstory von mir bekommst.«

»Ja, Okay«, maulte Hauke. »Aber wenn du Änderungswünsche hast, kann ich nicht versprechen, dass sie noch reinkommen. Echt, ich sitze hier auf Kohlen und muss jetzt auch weitermachen. Ich leg jetzt auf ...«

Als der Text fertig war, kroch das schlechte Gewissen in ihm hoch. Doch die Zeit drängte. Er schickte den Entwurf per E-Mail zu seinem Chef. Meistens brauchte er nur eine halbe Stunde zu warten, bis sein Telefon klingelte.

Dieses Mal dauerte es keine zehn Minuten.

»Was soll das denn für ein Aufhängerfoto sein?«, blaffte sein Chef ihm ins Ohr. »Sollen die Leser etwa mit der Lupe die Zeitung lesen, oder was?«

Hauke konnte förmlich sehen, wie die Ader am Hals seines Chefs anschwoll.

»Sorry«, antwortete er schnell. »Das musste ich der Polizei versprechen, sonst hätten die mich gar nicht fotografieren lassen.«

»Flessner, Sie arbeiten nicht für die Heilsarmee. Entweder ich bekomme ein besseres Foto für die Seite 1 oder Sie können umsatteln. Ich hoffe, wir haben uns verstanden!«

Der Hörer wurde aufgeknallt.

So ein verdammter Mist. Hauke wusste, was auf dem Spiel stand. Tod oder Job. Tod oder Freundschaft zu Mona Lu. Ihm brach der Schweiß aus und er fuhr sich wild durchs Haar. Alles oder nichts. Er scrollte noch einmal durch die vielen Fotos, die er am Morgen geschossen hatte, und machte eine neue E-Mail auf. Noch zögerte er. Sein

Zeigefinger zitterte auf seiner Maus. Sollte er Mona Lu wirklich so in den Rücken fallen? Er zählte bis zehn. Jetzt zitterte seine ganze Hand. Dann drückte sein Zeigefinger zu. Das Foto mit dem Messer in der Brust wurde angefügt und versandt. Scheiße, dachte er, als er die Versandbestätigung auf dem Bildschirm sah. Als nächstes hätte er sicher ein Messer im Rücken.

Umgehend klingelte sein Telefon. Es war wieder sein Chef.

»Geht doch«, sagte der nur, als Hauke abgenommen hatte. »Ihnen gehören die Titelseiten der nächsten Wochenendausgaben. Gratulation.« Dann legte er wieder auf, ohne auf Haukes Antwort zu warten.

Hauke wischte sich den Schweiß von der Stirn. Das Leben hatte immer zwei Seiten. Das eine war die Karriere, das andere die Freundschaft.

Er drehte sich eine Zigarette von seinem letzten krümeligen Tabak und ging vor die Tür der kleinen Außenstelle der Redaktion. Sein Kollege, der hier mit ihm arbeitete, war für einen Tag im Umland unterwegs, um nach guten Storys zu suchen.

Er zog an der Zigarette und atmete das Nikotin tief ein. Das beruhigte ihn. Eigentlich wollte er sich schon seit der Liaison mit Mona Lu das Rauchen abgewöhnen, was sogar ganz gut gelungen war. Doch seitdem sie sich von ihm getrennt hatte, rauchte er wieder wesentlich mehr. Er schob es auf den Stress, dem er Tag für Tag ausgesetzt war in seinem Job. Immer der Beste sein zu müssen, konnte ganz schön schlauchen.

Als er wieder reinging, hatte sein Chef den Text bereits mit ein paar Anmerkungen zurückgeschickt. Ihm waren Wörter Mord, Angst, Verbrechen und Touristen in Panik noch nicht oft genug vorgekommen. Also schrieb Hauke den Artikel noch einmal an einigen Stellen um und sandte ihn dann zum Druck.

Es würde ein Donnerwetter geben. Mona Lu würde ihn bestimmt erschießen.

Der Adler

Nun war er also wieder mittendrin. Die Welt steckte voller übler Überraschungen, die viele gerne Zufall nannten. Doch er wusste es besser. Alles wurde von einer Macht gesteuert, für die es keinen Namen gab.

Mona Lu meinte es sicher gut, wenn sie ihn in ihre Mordermittlung einweihte. Doch es war nicht gut für ihn. Monatelang hatte er versucht, mit allem abzuschließen. Und so langsam war er dabei, sein bisheriges Leben als Schatten der Vergangenheit zu akzeptieren. Wenn er sich jetzt allerdings wieder mit Mördern beschäftigte, dann würde auch alles Vergangene wieder hochkommen.

Er ging ins Erdgeschoss und kramte in einem großen Umzugskarton herum. Tatsächlich, sie waren da. Er hatte sie nicht entsorgt. Die großen Kladden, in denen er seine Gedanken zu damals aktuellen Fällen notiert hatte. Eine Angewohnheit, die viele in der Abteilung belächelt hatten. Doch ihm halfen diese Bücher, nichts zu vergessen. Er hatte sich beim Umzug von vielem trennen können, aber nicht von seinen Gedanken. Wahllos zog er eine Kladde heraus und schlug sie auf. Er erinnerte sich an den Fall, bei dem ein Täter über zwanzig Prostituierte aufgeschlitzt hatte. Durch einen dummen Zufall, hatten die anderen Kollegen gedacht, war der Killer schließlich zur Strecke gebracht worden. Doch da irrten sie sich gewaltig. Nur ihm und seinen Notizen hatte der Chef seinen großen Auftritt im Fernsehen zu verdanken. Doch das war Schnee von gestern. Er legte die Kladde zurück und kramte weiter in den anderen herum. Irgendwo waren auch noch leere Exemplare. Er hatte für eine lange Karriere als Polizeipsychologe eingekauft gehabt. Dann hielt er eine Unbeschriebene in den Händen. Noch zögerte er, sie mit in den ersten Stock zu nehmen. Denn wenn er erst einmal anfing, sich in einen Fall zu verbeißen, dann gäbe es kein -Zurück mehr.

ER

Als ganz kleiner Junge lief ich gerne durch den Garten meiner Großeltern. Meine Großmutter liebte Rosen, und ich liebte sie. Wenn ich im Sommer eine Weile bei ihr verbrachte, kam sie immer mit einem großen Teller voller dick mit Butter beschmierten Rosinenbroten in den Garten und sah mir dabei zu, wie ich alles gierig verschlang. Sie hatte so gütige Augen, die mich bis zum Einschlafen begleiteten. Manchmal konnte ich es einfach nicht fassen, dass das die Mutter meines Vaters sein sollte. Schon als Kind ging es mir so.

Und wenn ich heute an diese unbeschwerte Zeit zurückdenke, dann bin ich mir nicht sicher, was ich für meinen Vater empfinde außer Hass und tiefer Verachtung. Dieser Mann, der meiner Mutter so wehgetan hat.

Über dreißig Jahre fahren meine Gedanken jetzt im Achterbahntempo in die Vergangenheit zurück, ohne dass ich sie aufhalten kann. Ich sehe ein Haus am Stadtrand mit einem akkurat angelegten Vorgarten. Es ist beleuchtet, weil die Dämmerung bereits heraufgezogen ist. Ich sehe einen gedeckten Abendbrottisch, Tassen und Teller. Und ich sehe mich. Klein und geduckt kauere ich vor einem Brot. Da ist dieser Mann, der mich nicht aus den Augen lässt. Der es nicht duldet, dass ich krümele, dass ich nicht aufesse oder mit der Milch kleckere. Ich sehe einen kleinen Jungen, der Angst hat, unendliche Angst.

Ich will meinen Blick wieder ins Hier und Jetzt holen. Es schmerzt so sehr, dieses Erinnern, dass meine Hände verkrampfen und sich zu weißen Fäusten drehen. Ich möchte schlagen, so richtig zuschlagen. Diesen Mann, der meine Mutter auf dem Gewissen hat. Der ihr das Lachen genommen hat, bis der letzte Lebenshauch aus ihr entwichen war.

»Sie müssen sich dieser Erinnerung stellen«, höre ich meinen Therapeuten leise sagen. »Nur so können sie mit der Vergangenheit abschließen und ihr Leben in den Griff kriegen.« Das sagt er immer wieder bei den vielen Gesprächen, die mich ein halbes Vermögen gekostet haben.

Vor meinem inneren Auge sehe ich eine lachende Frau. Sie läuft ausgelassen neben einem Mann her, der ihr besitzergreifend den Arm um die Taille geschlungen hat. Dahinter sehe ich mich. Trauriger Blick. Ich gehe hinter diesem glücklichen Paar her, als gehörte ich nicht dazu. Verloren, abgehängt. Immer wieder sieht die lachende Frau sich verstohlen um, und zwinkert mir zu. So hält sie eine Verbindung zu mir und ich werde von diesen beiden Menschen angesogen und folge mechanisch. Vor meinem inneren Auge sehe ich wieder den Schlag. Mitten ins

Gesicht. Sie taumelt zurück. Ihr Antlitz verliert sich für einen Moment. »Du Dreckstück, das machst du nicht noch einmal!«, schreit der Mann. »Du gehörst mir und wirst keinen anderen Männern mehr schöne Augen machen.«

Ich sehe wieder mich. Zusammengekauert sitze ich auf der Treppe und drücke meinen alten Teddy ganz fest an meine Brust. Ich weine nicht und wage kaum zu atmen. Mein ganzer Körper ist ein einziges Zittern und Bibbern. Der Mann, den ich so hasse, er schlägt erneut zu. Hart und ohne Empathie. Gefühle scheinen ihm fremd zu sein. Meine Mutter taumelt. Sie fällt zurück und stürzt. Sie klatscht gegen den Kühlschrank. Ihr Kopf schlägt gegen den Türgriff und ihr Haar fällt nach vorne, als die Haarklammer sich löst. Das lange rote Haar meiner Mutter verdeckt das Blut, das ihr aus der Nase rinnt.

Mona Lu

Mona Lu atmete dreimal tief durch, bevor sie losschrie. Dann stand sie auf, rannte durch den Raum und griff nach dem Nächstbesten, was ihr in die Finger fiel. Es traf eine weiße Eule aus Keramik, die sie noch nie hatte leiden können. Ein Geschenk einer Praktikantin. Nur deshalb hatte sie da noch gestanden. Jetzt lag sie in tausend Einzelteilen verstreut am Boden.

Ich erschieße ihn, dachte Mona Lu. Auf der Stelle. Hatte er denn gar nicht darüber nachgedacht, welche Konsequenzen sein Artikel mit den zu Tode erschreckenden Bildern für sie haben würde? Hauke dachte doch nur an sich und seine Karriere. Er war ein Dreckschwein, so ein verdammtes Dreckschwein. Sie stampfte mit dem Fuß auf und wollte sich gerade ein weiteres Relikt vom Tisch greifen, als die Tür aufging.

»Der Chef will dich sprechen«, sagte ein Kollege und starrte auf die Scherben am Boden.

»Ich hab's geahnt«, stöhnte Mona Lu. Sie nahm noch einen großen Schluck aus ihrem Kaffeebecher und ging mit dem Kollegen raus.

Als sie in ihr Büro zurückkehrte, wunderte sie sich. Sie war immer noch bei der Polizei beschäftigt und ihr Kopf war auch noch dran. Aber natürlich hatte es ein gehöriges Donnerwetter gegeben. Zunächst. Dann hatte ihr Chef ihr geraten, in Zukunft bei der Wahl ihrer Freunde doch etwas wählerischer zu sein, und sowieso ganz auf die Verquickung von Beruf und Privatem zu verzichten. Mona Lu hatte nur zu allem Ja und Amen gesagt. Nicht einmal hatte sie versucht, sich oder auch Hauke zu verteidigen. Warum auch? Schließlich hatte er ihr Vertrauen missbraucht und nicht umgekehrt.

Am Ende sagte ihr Chef sogar, sie solle sich keine grauen Haare wachsen lassen wegen der Sache. Viel wichtiger sei es jetzt, den Fall so schnell wie möglich aufzuklären, damit in ihrer Touristenhochburg endlich wieder Frieden einkehrte. Gerade jetzt zur Hochsaison sei diese pikante Sache doch etwas unangenehm. Aber er vertraue ihr.

Natürlich tat er das, dachte Mona Lu. Und sie würde ihn nicht enttäuschen. Gerade jetzt, wo sie wieder mit dem Adler arbeitete, hoffte sie auf einen raschen Fahndungserfolg.

Sie rief sich die letzte Begegnung mit ihm in der Mühle in Erinnerung. Es hatte sich wie Nach-Hause-Kommen angefühlt, als sie da zusammen auf dem Sofa gesessen hatten. Manchmal glaubte sie, er sei ihre zweite Hälfte. Da blitzten wohl ihre asiatischen Wurzeln durch, die in allem etwas Mystisches zu erkennen glaubten. Sie hatte noch nie eine Reise in ihr Geburtsland unternommen. Sie wusste nur, dass man sie schon als kleines Baby adoptiert hatte. Ihre Kindheit und Jugend war behütet und schön gewesen. Sie war klug, machte Abitur und entschied sich schließlich für die Kriminalpolizei.

Und es war für sie nur allzu klar gewesen, dass sie dort dem Adler begegnete. Der Kreis hatte sich geschlossen.

Er war also in den Vorruhestand geschickt worden. Sie wusste nicht, warum. Und offensichtlich hatte er auch keine Lust auf Fragen dazu. Sollte sie vielleicht in seinen Akten lesen? Die Möglichkeit hatte sie ja. Doch dann würde sie hinter ihm herschnüffeln. Ein Verhalten, bei dem Hauke nie und nimmer in Konflikte mit seinem Gewissen geraten würde. Doch sie schon. Wenn der Adler ihr etwas erzählen wollte, dann würde er es schon eines Tages tun. Genau das unterschied sie nämlich von Hauke. Sie war eine wirkliche Freundin.

Schon wieder kroch der Ärger über den charakterlosen Hauke in ihr hoch. Doch das wollte sie nicht zulassen. Sie schloss die Augen und schickte ihre Gedanken auf ein großes Sofa in einer Mühle.

Kurz darauf reckte sie sich und entschied, dass sie auch direkt mit dem Adler kommunizieren könnte.

Als sie allerdings bei der Mühle ankam, machte er nicht auf. Selbst, als sie wieder auf ihren Fingern pfiff, gab es keine Reaktion. Er konnte doch unmöglich mitten am Tag so tief in den Schlaf gefallen sein. Er hatte doch gesagt, dass er die Mühle nur nachts verließ. Ob er sie etwa angelogen hatte? Heute war genau der richtige Tag dafür, dachte sie grimmig.

Sie sah in seine Tonnen vor dem Haus. Keine Post und keine persönlichen Nachrichten. Sie hatte überhaupt keine Telefonnummer von ihm. Das musste anders werden, dachte sie. In Notfällen musste sie doch Kontakt zu ihm aufnehmen können. Und dies war ein absoluter Notfall, denn gerade war sie dabei, ihr Vertrauen in ihn zu verlieren. Sie kramte ihr Ersatzhandy, das sie immer für den Fall eines Falles bei sich trug, aus ihrem Rucksack und legte es mit einer Notiz in die Tonne mit den Nachrichten: *Mit diesem Handy kannst du mich jederzeit erreichen.* Dazu schrieb sie ihre Nummer und die Bitte, dass er sie doch anrufen möge, sobald er das Handy und die Nachricht finde.

Frustriert stieg sie wieder in den Wagen. Gerade heute hätte sie wirklich einen Freund gebrauchen können.

ER

Der Mann stand alleine am Strand. Es war ein etwas milderer Sommertag und es waren nur wenige Gäste unterwegs. Vielleicht ein wenig unpassend, wenn man nach etwas Ausschau hielt.

Er beobachtete ihn aus sicherer Entfernung aus einem Strandkorb heraus. Würde das sein nächstes Opfer werden? Er schätzte den Mann auf ungefähr einen Meter neunzig. Dazu ein muskulöser Körper. Das würde Schwerstarbeit werden.

Er hatte den Artikel über den brutalen Mord in Schillig in der Zeitung gelesen. Der Journalist hatte kein Blatt vor den Mund genommen. Es hatte ihm gefallen, wie ausführlich er die Leiche beschrieben hatte. Die Menschen sollten ruhig erfahren, wie grob er mit ihr umgegangen war. Sicher würden sie dann erahnen, was das Opfer für ein Schwein gewesen war. Denn niemand wurde ohne Grund so zugerichtet. Ein Messer mitten ins Herz. Ein schneller Tod mit einem letzten Blick. Dann war alles ausgelöscht.

Vielleicht war sogar der Artikel der Grund dafür, dass hier heute so wenig Menschen am Strand waren. Mütter sorgten sich um ihre Kinder. Und sie taten gut daran. Wenn sie es nur immer täten. So wie es seine Mutter getan hatte. Sie hatte so ein gutes Herz gehabt, das sein Vater gnadenlos zwischen seinen Fingern zerquetscht hatte. Er hatte aus ihr eine ängstliche Frau gemacht, die immer wie eine verhuschte Person mit wirrem Blick auf ihren Sohn sah. Nein, ihr konnte er keine Schuld an allem geben, was ihm geschehen war.

Er konzentriere sich wieder auf den einsamen Mann. Jetzt hatte er seine Sandalen ausgezogen und watete im Wasser. Solche Männer machten am Tage die normalsten Dinge, so dass nie jemand auf den Gedanken käme, etwas Böses in ihnen zu sehen. Sie waren Kaufleute und Handwerker, eben einfache Familienväter, die alles für ihre Familien taten. Sie reihten sich in die Gesellschaft ein, als ob sie die Guten wären. Tauchten darin unter. Bis sie dann zuschlugen, wenn es dunkel war. Wenn sie sich den Mantel des Guten abstreiften und das Böse zum Vorschein kam. Wenn ihr Blick hart wurde.

Seine Hände hatten sich um das Kissen im Strandkorb gekrallt. Er atmete flach. Ein Lied spukte durch seinen Kopf.

Hauke Flessner

Auf der Landstraße zur Mühle kam ihm Mona Lu entgegen. Er blendete auf, doch als sie neben ihm fuhr, schien sie durch ihn hindurchzusehen. Ob sie gerade bei dem Adler gewesen war? Sicher war sie stinksauer auf ihn. Natürlich war sie das. Er hatte ja auch ein verdammt schlechtes Gewissen.

Er sah in den Rückspiegel. Mona Lu fuhr einfach weiter.

Als er auf den Vorplatz der Mühle rollte, sah er, wie der Adler gerade in seine Tonne sah und etwas herausnahm. Er stieg aus dem Wagen.

»Moin«, rief Hauke, als er die Tür zuschmiss.

Stein drehte sich um. Er schien ihn erst jetzt bemerkt zu haben.

»Was machen Sie denn schon wieder hier?«

Hauke wurde unsicher. Nach der Begegnung mit Mona Lu eben auf der Landstraße war er sich nicht mehr so sicher, dass das hier jetzt der passende Moment war, um noch einmal nach einem Interview zu fragen. Auch Stein wirkte wenig umgänglich, wenn man es moderat formulierte. Vielleicht hatten die beiden sich sogar gestritten und ihre schlechte Laune hatte gar nichts mit ihm selber zu tun.

»Es geht noch einmal um das Interview«, sagte Hauke kleinlaut.

»Meine Antwort darauf kennen Sie doch schon. Was glauben Sie, hat sich in den letzten Tagen geändert?«

»Nun ja, ich hatte ja versprochen, noch einmal vorbeizuschauen ...« Hauke wurde immer kleiner. »Aber es ist schon okay, wenn Sie kein Interesse haben. Ich will Sie ja auch nicht nerven.« Er drehte sich um und machte Anstalten, wieder in seinen Wagen zu steigen.

Stein registrierte es mit einer gewissen Erleichterung und ging zum Eingang. Dabei las er die Nachricht von Mona Lu.

»Wenn Sie es sich noch einmal anders überlegen, dann haben Sie ja meine Kontaktdaten«, rief Hauke noch einmal.

»Ihr Artikel war verdammt krass.« Stein hatte sich tatsächlich noch einmal umgedreht und sah Hauke stirnrunzelnd an.

»Hat Mona das gesagt?«

Stein verstand nicht ganz. Was hatte Mona Lu denn damit zu tun?

»Nein, wie kommen Sie darauf?«

»Na, sie war doch eben hier. Ich meine, das nehme ich an, weil sie mir auf der Landstraße entgegenkam.«

Stein entschied, dass es den Journalisten eigentlich nichts anging, wer ihn hier besuchte.

»Kennen Sie Mona von der Polizeiarbeit her?«, hakte Hauke nach.

Der ist ja wie eine Zecke, dachte Stein. Bohrte immer weiter, bis er endlich Blut leckte. Es amüsierte ihn. Eigentlich mochte er Menschen, die nicht Kleinbeigaben.

»Ich gehe davon aus, dass sie Mona Lu meinen«, sagte Stein und lächelte sogar. »Denn darauf legt sie großen Wert.«

Ich hab ihn, dachte Hauke und jubelte innerlich auf.

»Ich bin manchmal ein bisschen mundfaul«, sagte er lachend.

»Na, kommen Sie rein, ich mach uns einen Tee.« Stein öffnete die Tür und ließ sie so stehen, damit Hauke hereinkam.

»Ich will Ihnen wie gesagt wirklich nicht auf die Nerven gehen«, sagte Hauke, als er den ganzen Krempel im Erdgeschoss mit seinen Augen erfasste.

»Ach, Sie sind Journalist«, sagte Stein. »Sie können doch gar nicht anders. Und erzählen Sie mir nicht, dass es bei Ihnen zuhause anders aussieht.« Er machte eine ausladende Handbewegung durch den Raum.

»Sie haben recht«, sagte Hauke.

»Dann kommen Sie, oben ist es gemütlicher.«

Stein stieg die Holzstufen hinauf und Hauke folgte ihm. Er fragte sich, warum dieser bisher so scheue Typ plötzlich so freundlich zu ihm war.

Mona Lu

Da hatte sie ja wohl ihren Augen nicht ganz getraut. Da stiefelte Hauke jetzt also tatsächlich mit dem Adler ins Haus.

Sie hatte Haukes Wagen natürlich sofort erkannt, als er ihr entgegengekommen war. Doch sie war stur weitergefahren. Es war besser für ihn, wenn sie ihm jetzt nicht persönlich über den Weg lief.

Nach einigen Hundert Metern war sie umgedreht und hatte ihren Wagen im Gebüsch versteckt, von wo aus sie einen guten Blick auf die Mühle hatte.

Sie hatten sich kurz unterhalten und Hauke war schon beinahe wieder im Wagen gewesen, bis er dann plötzlich von Adler eingeladen wurde, hereinzukommen. Alle Achtung. Und ihr hatte er nicht mal aufgemacht.

Über eine Stunde saß sie im Wagen und starrte auf die Mühle. Als Hauke auch da immer noch nicht wieder herausgekommen war, entschied sie, dass sie sich auch noch um andere Dinge kümmern musste. Zum Beispiel musste sie jetzt einen Mörder jagen.

In der Dienststelle waren alle Informationen, die man zu dem Fall zusammengetragen hatte, auf ihrem

Schreibtisch gelandet. Viel war es nicht. Sie waren ja auch erst am Anfang der Ermittlungen.

Mona Lu sah sich die Fotos von Hauke noch einmal an. Auch wenn sie sich über ihn ärgerte, die Detailaufnahmen waren für ihre Analyse jetzt durchaus hilfreich. Man hatte sogar schon eine Ahnung, um welches Messer es sich handelte dank der Großaufnahme. Verdammter Hauke. Wenn er nicht immer die Holzhammermethode anwenden würde, wäre sie prima mit ihm klargekommen.

Das Messer war ein sogenanntes *Laguiole Messer,* das ein Franzose im Jahr 1829 erfunden hatte. Es war das erste Klappmesser überhaupt. Da es oft imitiert wurde, konnte der Gerichtsmediziner allerdings nicht sagen, ob es sich um ein Original handelte, die gemeinhin als *Rolls-Royce* unter den Messern bezeichnet wurde, hatte er auf der Homepage recherchiert.

Das Opfer Fritz-Dieter Grube war ein alleinstehender Mann gewesen, der als Verwaltungsangestellter in einer Behörde beschäftigt gewesen war. Da war er nie auffällig geworden. Freunde und Kollegen beschrieben ihn als ordentlich und gewissenhaft. Nun ja. Er war bei allen beliebt gewesen, aber wohl nicht beim Mörder, dachte Mona Lu. Bei ihm zuhause war man auf die übliche Singlewohnung gestoßen. Es gab einen Fernseher, einen PC und einen Kühlschrank voller Bier. Und offensichtlich war Grube ein leidenschaftlicher Koch gewesen, denn der Spurensicherung war eine Reihe von Kochbüchern aus der Gourmetküche in die Hände gefallen.

Hilft mir das jetzt wirklich weiter?, fragte sich Mona Lu und schielte auf die Uhr an ihrem PC. Gleich war es sechzehn Uhr. Ob Hauke wohl immer noch beim Adler war? Es juckte sie in den Fingern, nochmal nach Horumersiel zu fahren, um sich Gewissheit zu verschaffen. Sie war neugierig, was der Adler so lange mit Hauke zu besprechen hatte. Oder auch umgekehrt.

Kurz darauf fuhr Mona Lu die Landstraße wieder entlang. Als sie bei der Mühle ankam, war Haukes Wagen nicht mehr da. Sie sah einen großen schwarzen Vogel auf dem Geländer der Galerie sitzen. Das passte zu Adler. Sie musste grinsen. Sie gab sich einen Ruck und stieg aus dem Wagen.

Sie brauchte nicht einmal zu pfeifen, denn Stein stand plötzlich neben dem Vogel und winkte zu ihr herunter.

»Heute scheint hier wohl Tag der offenen Tür sein«, rief er zu Mona Lu herunter, die mit in die Seiten gestemmten Arme zu ihm heraufblinzelte.

»Lässt du mich denn jetzt rein?«, fragte sie mit einem Lächeln.

»Sicher. Das hätte ich vorhin auch schon gemacht, wenn ich dich bemerkt hätte.« Er verschwand aus ihrem Gesichtsfeld und machte kurz darauf die Eingangstür auf.

»Hast du mein Handy gefunden?«, fragte Mona Lu, als sie neben ihm die Treppe hinaufstieg.

»Ja, hab ich.«

»Aber angerufen hast du nicht.«

»Warum sollte ich auch?«

»Vielleicht, weil ich dich darum gebeten habe«, sagte sie lachend.

»Ich benutze keine Handys«, sagte er. »Sie machen die Menschen nur abhängig von der Kommunikation.«

»Dazu sind sie ja auch gedacht.« Mona Lu hatte jetzt keine Lust mehr auf diese Diskussion, deshalb fragte sie frei heraus:

»Was wollte eigentlich Hauke heute hier?«

»Der Journalist?«

»Sonst kenn ich keinen.«

»Er will mich interviewen, aber das weißt du ja schon …«

»Stimmt. Und? Machst du es?«

Stein schüttelte den Kopf. »Natürlich nicht. Ich bin ja nicht lebensmüde. Soll ich uns einen Kaffee machen?«

»Tee wäre mir ehrlich gesagt lieber, den verträgt mein Magen besser.«

Stein lud sie ein, sich auf das große Sofa zu setzen und machte sich an dem Wasserkocher zu schaffen. Dann hängte er einen Teebeutel in eine Kanne und wartete, bis das Wasser siedend heiß war. Dann goss er auf und stellte die Kanne auf das Stövchen mit der Kerze, das auf dem Tisch stand. Von den Tassen, die umgedreht auf dem Tisch standen, nahm er je eie für sich und Mona Lu und stellte sie zurecht.

»Was ist eigentlich mit dir und diesem Hauke?«, fragte Stein frei heraus, als er den Tee eingeschenkt hatte. Beide tranken ihn schwarz.

»Ach, das ist nicht der Rede wert«, winkte Mona Lu ab. »Er war sozusagen ein Versehen.«

»Versehen?«

»Das soll jetzt nicht beleidigend klingen, aber ich hatte mich von meinem langjährigen Freund getrennt und Hauke war zufällig da.«

»Also ein Seelentröster ...«

»Ich weiß, das klingt gemein. Aber ich glaube, er hat die Situation auch gerne ausgenutzt. Es ging mir damals nicht so gut.«

»Das tut mir leid«, sagte Stein aufrichtig. Er wünschte sich in diesem Augenblick, dass sie beide einfach nur auf dem Sofa säßen und sich bei der Hand nahmen. Manchmal waren Wünsche so leicht und doch so schwer erfüllbar.

»Was denkst du jetzt?«, frage Mona Lu, als sie seinen gedankenverlorenen Blick sah.

»Dass ich manchmal die Zeit anhalten möchte«, sagte er und kehrte wieder ins Hier und Jetzt zurück. »Möchtest du auch einen Apfel?«, fragte er plötzlich. »Ich habe gestern frische geliefert bekommen und noch gar keinen gegessen.« Er stand auf und lief zur Anrichte, wo die Äpfel in einer großen Schale lagen.

»Ja gerne«, sagte sie.

Stein kam mit zwei Äpfeln und einem Teller zurück. Dann griff er in die Schublade des Tisches und zog ein Messer hervor, um den Apfel zu teilen. Mona Lu sah ihm gerne dabei zu. Selbst einem Apfel konnte Stein die nötige Würde erteilen. Dann plötzlich stockte ihr der Atem. Das Messer. War es nicht genau das Gleiche wie die Tatwaffe? Wenn sie es richtig verstanden hatte, dann waren es keine alltäglichen Küchenwerkzeuge. Und ausgerechnet Stein hatte so eines? Sie erinnerte sich daran, wie sie das erste Mal an diesem Tag hier gewesen war und er nicht geöffnet hatte.

»Was ist?«, fragte Stein und hielt ihr eine Hälfte des Apfels, die er vom Gehäuse befreit hatte, hin. »Du siehst plötzlich ganz weiß aus im Gesicht.«

Mona Lu schluckte. »Ach, ich ... danke, der Apfel hilft mir sicher. Ich habe heute glaube ich noch gar nichts gegessen.«

»Das ist nicht gut. Dann solltest du auch zum Abendbrot bleiben. Ich mache heute einen Kartoffelsalat mit frischen Kräutern und Radieschen.«

»Ja, vielleicht«, murmelte Mona Lu und kaute auf dem Apfel herum. Sie konnte ihren Blick nicht vom Messer abwenden, das jetzt auf dem Tisch lag.

»War Hauke lange hier?«, fragte sie, und versuchte, ihrer Stimme einen neutralen Ton zu verleihen.

»Hm ... vielleicht eine halbe Stunde«, sagte Stein. »So genau weiß ich das nicht mehr.«

Warum log er? Sie hatte doch mindestens eine Stunde gewartet und war dann weggefahren. Das konnte man, selbst wenn man kein Zeitgefühl hatte, kaum als halbe Stunden abtun.

»Und ihr habt euch nur über das Interview unterhalten?«

»Ist das jetzt ein Verhör?« Er sah sie irritiert an. »Mona Lu, was ist los?«

Was sollte sie jetzt sagen? Dass sie wegen eines Messers, das sicher jeder haben könnte, unsicher war. Dass es ihr merkwürdig vorkam, dass er Hauke reinließ und sie nicht. Es war nicht gut, dass er jetzt hier wieder in ihrer Nähe war. Plötzlich kam ihr alles falsch vor. Dass sie hier zusammensaßen und einen Apfel teilten. Dass sie ihm mehr vertraute als sich selbst. War das nicht dumm und naiv?

»Nimm es mir bitte nicht übel«, sagte sie plötzlich, »wenn ich dich das jetzt frage ...«

Stein schien erleichtert, dass sie endlich sprach. »Aber nein, warum sollte ich dir jemals etwas übelnehmen«, sagte er. »Frag und ich werde antworten.«

Aber auch die Wahrheit?, pochte es in ihr.

»Wieso hat man dich in den Ruhestand versetzt ... ich meine, halte mich jetzt bitte nicht für eine neugierige Frau, die nicht mehr schlafen kann, bevor sie alles weiß. So bin ich nicht. Es ist nur ... du bist so plötzlich wieder in meinem Leben aufgetaucht.«

Er schwieg und sie sah weiter auf das Messer. Die Klinge wurde ab und zu von einem Sonnenstrahl gestreift und der Widerschein stach ihr schmerzhaft ins Auge.

»Ich nehme dir deine Frage nicht übel«, sagte Stein schließlich. »Aber vielleicht gestehst du mir auch zu, dass ich nicht darüber sprechen möchte. Es ist nicht gerade die rühmlichste Episode meines bisherigen Lebens.«

»Dann war es wohl nicht so ganz freiwillig ...« Sie seufzte auf. Warum musste sie ihren Freund so quälen?

»Mit Mitte vierzig geht sicher niemand freiwillig aus dem Job raus«, sagte er nur. »Ich bin noch nicht soweit, darüber neutral sprechen zu können, entschuldige bitte.«

»Du musst dich nicht entschuldigen«, versicherte sie. »Ich könnte ja auch in den Akten nachlesen, wenn es mir nur um das reine Wissen ginge.«

»Ja, das könntest du wohl ...«

»Aber das würde ich niemals tun. Das weißt du auch. Ich dachte nur, dass ich dir vielleicht helfen könnte, wenn ich dich besser verstehe.«

»Helfen? Wobei?«

»Na, hier mit allem klarzukommen.«

Stein lachte auf. »Mona Lu, du bist manchmal wirklich niedlich«, sagte er. »Du musst mir nicht helfen. Ich dachte eher, ich könnte dich unterstützen, deinen Fall aufzuklären. Deshalb habe ich mir heute auch schon eine leere Kladde herausgekramt.« Er zeigte auf ein behelfsmäßiges Regal, wo sie jetzt zum ersten Mal das dicke schwarze Buch wahrnahm.

»Du hast sie noch?«, fragte sie.

»Ja, ich konnte mich nicht von ihnen trennen.«

»Das kann ich verstehen. Da ist ja auch dein Leben drin, wenn man so will.«

»Mein Leben«, sagte er und sah gedankenverloren aus dem Fenster. »Leben ist etwas, dass man nicht in Bücher sperren kann.«

Sie folgte seinem Blick nach draußen und plötzlich war es wieder da. Dieses gute Gefühl zwischen ihnen.

»Wann gibt es denn den Kartoffelsalat?«, fragte sie, »denn mit leerem Magen ermittelt es sich schwer.«

»Oh, ich könnte gleich damit anfangen, wenn du möchtest. Du kannst mir auch dabei helfen.« Er griff nach dem Messer und hielt es ihr hin.

Sie sah ihm für einen Moment tief in die Augen.

»Klar, mach ich.« Sie nahm das Messer an. »Komisch, so eins hat man auch dem Opfer ins Herz gerammt.« Sie hielt sich das Messer vors Gesicht.

»Ich weiß«, sagte Stein ganz locker. »Ich hab ja das Foto von Hauke in der Zeitung gesehen. Er hat schon einen ganz schön reißerischen Artikel geschrieben, aber die Leute mögen so etwas wohl.«

»Habt ihr euch auch über das Messer unterhalten?«

»Ja, am Rande glaube ich. Es könnte ja auch für dich ein wichtiger Anhaltspunkt sein«, fügte er an.

Und warum hast du dann nicht von dir aus davon angefangen, Adler? Mona Lu folgte ihm zur kleinen Küchenzeile, wo er ihr eine Kartoffel in die Hand drückte, die sie in Scheiben in eine Schüssel schneiden sollte.

Der nächste Mord

»LaLeLu, nur der Mann im Mond schaut zu ...« Er summte leise dieses Kinderlied vor sich hin, als er sich über den Mann beugte, der wehrlos im Sand lag. Er hatte sich rittlings auf sein Opfer gesetzt und hielt ihm das Messer an die Kehle.

Entgegen seinen Erwartungen hatte er mit diesem großen kräftigen Mann leichtes Spiel gehabt. Offensichtlich war er so einsam, dass er selbst am Abend noch einmal alleine am Strand spazieren ging. Den ganzen Tag über hatte er ihn nicht aus den Augen gelassen. Er war zu Mittag in einen Schnellimbiss gegangen und hatte sich dort über eine Stunde mit einem von diesen Sparmenüs aufgehalten. Dabei hatte er jungen Frauen und ihren Kindern dabei zugesehen, wie sie sich über das Essen und vor allem über die Goodies amüsierten. Da musste man schon verdammt einsam oder krank sein, hatte er gedacht. Er mochte solche Konsumhorte nicht. Doch er wollte sein Opfer genau kennen lernen, bevor er es zur Strecke brachte.

Als die Servicekraft schließlich das fünfte Mal mit einem Wischlappen um seinen Tisch herumgeschlichen war, war der Mann schließlich aufgestanden und gegangen. Er war zu einer kleinen Pension geschlendert, in der er ein Zimmer hatte.

Über drei Stunden musste sein Beobachter warten, bis sein Opfer sich wieder blicken ließ. Er sah verschlafen aus und hatte eine dicke Delle im roten Gesicht. Vermutlich von einem harten Kissen. Er war zu einem Eiscafé in der Nähe geschlendert, wo um diese Zeit nur junge Familien anzutreffen waren.

Manche Opfer machten es ihm aber auch wirklich leicht.

Nach einer weiteren Erholungsphase in seiner Pension war er schließlich um neunzehn Uhr in ein Lokal in der Nähe des Strands eingekehrt, das er erst gegen zweiundzwanzig Uhr wieder verließ.

Dieses Opfer kostete ihn eine Menge Geld, hatte er gedacht, als er seinen Grillteller, einen Espresso und ein Eis als Nachtisch bezahlte.

Der Mann war am Strand entlanggelaufen. Diesmal behielt er seine Sandalen an.

Mona Lu

Mona Lu war erst sehr spät wieder nach Hause gefahren. Als die Sonne untergegangen war und sie mit Adler auf der Galerie saß und einen Wein trank, da konnte sie plötzlich verstehen, warum er hier und nirgends anders war.

Es war lange her gewesen, dass sie mit einem Mann gemeinsam zu Abend gegessen hatte. Und dann hatten sie auch noch zusammen gekocht. Das war weder mit Hauke noch mit dem Mann davor je Thema gewesen. Alle waren immer viel zu sehr beschäftigt, als dass sie sich fürs Essen so viel Zeit nahmen.

Stein hatte ihr in Bruchstücken von den letzten anderthalb Jahren in Frankfurt erzählt, auch wenn sie nicht wieder davon angefangen war.

Es musste hart für ihn gewesen sein. Seine Aufklärungsquote war nach wie vor hervorragend gewesen, doch seine Methoden konnte manch einer in der Dienststelle irgendwann nicht mehr nachvollziehen. Er kam und ging, wann es ihm behagte. Hielt sich an keinerlei Dienstplan und Vorschriften mehr. Immer öfter arbeitete er tage- und wochenlang nur noch von Zuhause aus und sah nur in seinem Büro vorbei, wenn er weitere

Informationen zu einem Fall brauchte. Man hatte ihn verrückt genannt, doch das hätte ihm nichts ausgemacht. Dann jedoch hatte man vermutet, dass er heimlich trank und deshalb nicht mehr ins Büro kam. Man ordnete eine Zeit an, in der er im Büro zu sein hatte, die bei Nichtbefolgen mit einer disziplinarischen Strafe geahndet werden könnte. Stein hatte sich wie ein eingesperrter Vogel gefühlt, dem man die Flügel gestutzt hatte. Er habe im Büro nicht denken können. Natürlich hätte er zuhause hier und da einen Wein oder zwei getrunken. Na und? Wer tat das denn nicht. Dass es manchmal bereits am Nachmittag geschehen war, hielt er unter den gegebenen Umständen, unter denen er arbeitete, für legitim.

Nach drei Wochen im Büroknast, wie er es nannte, sei er schließlich ausgeflippt. Hatte alles vom Schreibtisch gefegt und wild um sich geschlagen, als Kollegen versuchten, ihn zu bändigen.

Sie hatte in seinen Armen gelegen, als er erzählte. Ganz ruhig war er dabei gewesen. Seine Wut auf damals schien er wirklich im Griff zu haben.

Mona Lu kroch aus dem Bett und schlich unter die Dusche. Rotwein war am Abend eine wahre Wonne, die sich zum Morgen hin immer zu einem Querulanten im Kopf entpuppte.

Als sie gefrühstückt hatte, beschloss sie, bei Hauke in der Redaktion vorbeizufahren. Vielleicht meldete er sich ja nicht, weil er ein schlechtes Gewissen wegen der nicht autorisierten Fotos hatte. Er konnte ja nicht wissen, dass sie ihm längst verziehen hatte, weil er ja nicht unerheblich im Fall des Messers dadurch weitergeholfen hatte. Und das wiederum lag ihr auf der Seele, es ihm zu sagen. Dass alles wieder gut war.

Doch in der Redaktion traf sie nur den Kollegen von Hauke an. Er erzählte ihr, dass Hauke gestern mit irgendjemandem wegen eines Messers telefoniert hätte. Dann sei er gegangen, ohne zu sagen, wohin.

Mona Lu bekam einen Schreck. Ermittelte Hauke etwa auf eigene Faust, weil er sich nicht mehr traute, sie anzusprechen? Und war ihm womöglich etwas passiert? Sie musste ihn suchen, aber wo?

Im Wagen fiel ihr nur der Adler ein. Doch sie glaubte nicht, dass Hauke da schon wieder war. Auf der anderen Seite, sie verstanden sich offensichtlich ganz gut. Sie zog ihr Handy raus und wählte die Nummer ihres Ersatztelefons, das jetzt bei Adler in der Mühle war. Sie hegte die Hoffnung, dass er es doch noch aufgeladen hatte und für alle Fälle bereithielt. Schließlich hatten sie jetzt einen gemeinsamen Fall. Es klingelte und klingelte, doch er ging nicht ran. Verdammter Mist. Also musste sie wohl zu ihm rausfahren, wenn sie Gewissheit haben wollte.

Sie wollte gerade den Wagen starten, als ihr Handy klingelte. Vielleicht rief Adler ja zurück. Doch auf dem Display blinkte die Nummer eines Kollegen aus der Dienststelle und Mona Lu ging schnell ran.

Der Kollege erzählte ihr in knappen Worten, dass es wieder eine Leiche gebe. Wieder am Strand. Wieder mit einem Messer in der Brust. Und ja, es sei auch wieder eine Spieluhr dabei.

Nein, nicht Hauke, schoss es Mona Lu durch den Kopf, als sie ihren Wagen startete und Richtung Schillig steuerte.

Doch es war nicht Hauke, dem der Sand aus den Ohren rieselte. Mona Lu atmete erst einmal durch, als sie am Strand ankam. Es war das gleiche Szenario wie bei der ersten Leiche. Diesmal hatte die Spieluhr die Form eines gelben lächelnden Halbmondes.

»Das gleiche Lied?«, fragte sie den Gerichtsmediziner, der dem Toten gerade einen Arm zur Seite drehte, um ihn auch von hinten begutachten zu können.

»LaLeLu ...«, antwortete er.

»Dann muss der Täter wohl eine ganze Sammlung davon haben«, sagte Mona Lu matt. »Wie viele Opfer wird er uns hier noch präsentieren?«

»Das hängt wohl ganz von dir ab, würde ich sagen.«

»Sehr hilfreich, danke.«

»Das gleiche Messer ist es übrigens auch.«

»Wieder ein Laguiole?«

»Du sagst es. Aber ich glaube, man spricht es anders aus.«

»Das ist mir jetzt echt egal«, schimpfte Mona Lu. Was hätte sie dafür gegeben, wenn Hauke jetzt hier gewesen wäre und Fotos geschossen hätte.

Es würde keinen Sinn machen, noch einmal bei Adler anzurufen, da war sie sich sicher. Also drückte sie ein paar Tasten und rief bei Hauke an. Es klingelte lange und sie wollte gerade wieder auflegen, als er aufgeregt abnahm.

»Hauke?«, fragte sie erfreut in den Hörer. »Bist du es wirklich?«

»Hä? Natürlich bin ich es wirklich. Was ist denn mit dir los? Ich dachte, du wärst sauer auf mich.« Hauke konnte mit einer freundlichen Mona Lu nichts anfangen in diesem Moment.

»Das war ich auch, aber das ist Schnee von gestern. Deine Fotos haben ja schließlich zu der Identifizierung der

Tatwaffe geführt. Aber sag mal, wo bist du eigentlich? Ich mache mir seit gestern verdammte Sorgen, ist dir das eigentlich klar?«

Das gefiel ihm.

»Ich? Ach, das ist doch gar nicht so wichtig ...«, mauerte er.

»Was soll das heißen? Ich war heute auch schon in deiner Redaktion, da wusste man auch nicht, wo du bist. Ist das denn so ein großes Geheimnis? Du hast doch wohl nicht etwa wieder eine neue Freundin?«

»Quatsch«, kam es spontan vom anderen Ende. »Ich bin in Fallingbostel.«

Mona Lu schaltete sofort. »Und was machst du da? Der Täter muss ja nicht auch daher kommen, wo unser erstes Opfer herkam.« Sie selber wäre nie auf die Idee gekommen, dahin zu fahren, musste sie zugeben. Dafür gab es doch benachbarte Dienststellen.

»Erstes Opfer?«, fragte Hauke, der genau zugehört hatte.

»Ja, erstes Opfer. Denn eben ist eine weitere Leiche am Strand von Schillig aufgetaucht. Das gleiche Muster, du könntest wieder tolle Fotos machen, wenn du nicht in der Weltgeschichte herumgondeln würdest.«

»Ach, halb so wild. Nochmal die Seite 1 würde ich für das Thema sowieso nicht kriegen.«

»Ja stimmt, Serienmord ist ja auch was ganz Alltägliches in Wangerland«, scherzte Mona Lu. Sie war so froh, dass es Hauke gutging. »Wonach suchst du denn genau in Fallingbostel?« Es interessierte sie natürlich schon.

»Ich versuche, die Herkunft der Tatwaffe herauszubekommen«, sagte Hauke und klang wie ein Profi.

»Du weißt vom Adler, um welches Messer es geht, oder?«

»Ja stimmt. Als du wie eine beleidigte Leberwurst an mir vorbeigerauscht bist, war ich auf dem Weg zu ihm. Eigentlich ist er gar nicht so verkehrt.«

»Ich hab das ja auch nie behauptet ...«

»Bisher hab ich den Laden noch nicht gefunden«, gab Hauke zu. »Wahrscheinlich war es eine Schnapsidee von mir.«

»Ach was, du hast es gut gemeint. Aber die Dinger kann man doch auch online bestellen. Der Täter könnte sogar hier oben in Wangerland wohnen und gar nichts mit Fallingbostel zu tun haben. Und wo wir schon dabei sind, ich lese hier gerade im Ausweis des zweiten Opfers, dass es aus Münster kommt. Also, du kannst ruhig wieder nach Hause kommen. Da unten verschwendest du nur deine Zeit.«

Hauke gab sich geschlagen. »Okay, dann fahr ich gleich los«, sagte er.

»Du brauchst sicher eine Weile. Ruf mich an, wenn du wieder hier bist, okay?«

»Ja, mach ich.«

Sie legten auf.

ER

Am meisten hatte ihn enttäuscht, dass sich der Mann gar nicht richtig gewehrt hatte. Er fühlte sich gar nicht wie ein Opfer an, als er ihm die Klinge an den Hals hielt.

Das Foto in der Zeitung hatte ihm gut gefallen. Und dann hatte dieser Journalist auch noch dazu geschrieben, dass der Griff ganz besonders auffällig sei und die Bevölkerung zur Mithilfe aufgerufen. Meine Güte, wie stümperhaft, da muste man doch nur zwei drei Klicks im Internet machen und hatte die Marke. Na ja, er hielt Hauke Flessner zugute, dass er wenigstens gut fotografieren konnte.

Beim zweiten Opfer war das Messer noch leichter ins Herz gefahren. Es gab Unterschiede bei menschlichem Fleisch. Vielleicht ließ es sich mit Rind- und Schweinefleisch vergleichen, dachte er, und schmierte sich ein zweites Brötchen. Morden machte hungrig.

Zum ersten Mal seit langer Zeit spürte er so etwas wie einen Hauch von innerer Befriedigung. Ja, es war die richtige Entscheidung gewesen, dem bösen Spiel etwas entgegenzusetzen. Diese Männer durften einfach nicht immer davonkommen.

Er sah dem Treiben im Frühstücksraum dabei zu, wie die Akteure an den einzelnen Tischen wechselten. Er hatte ja Zeit. In Gedanken sprach er mit seiner Mutter, deren Bild er sich in Erinnerung rief und sie neben sich setzte. Es hätte ihr hier gefallen. Sie mochte saubere weiße Tischdecken. Genauso wie sein Vater. Sein Gesicht verfinsterte sich, als er an ihn dachte. Einmal, da war es seiner Mutter nicht gelungen, einen muttermalgroßen Fleck brauner Soße vom Sonntag davor zu entfernen. Ein heller brauner Schimmer, für sein Auge kaum sichtbar, war seinem Vater wie ein spitzer Dolch ins Auge gefahren. Er hatte mit der ganzen Hand auf den Tisch geschlagen und seine Mutter eine unfähige Hausfrau genannt, der es nicht einmal gelang, eine saubere Tischdecke am Sonntag auf den Tisch zu bringen.

Angewidert war sein Teller beiseitegeschoben worden. Den Rest des Tages hatte er sich in sein Raucherzimmer verzogen, wo er was auch immer tat. Bis zum heutigen Tag war es für ihn ein Rätsel geblieben, womit sein Vater seine so knappe Freizeit verbrachte, wenn er nicht gerade damit beschäftigt war, seine Mutter herunterzuputzen.

Er riss sich wieder aus seinen dunklen Erinnerungen. Es war so vieles schiefgelaufen in seiner Kindheit. Und damals wusste er noch nicht, dass alles noch viel schlimmer sein konnte, als unter seinem Vater groß zu werden.

Der Adler

Stein überlegte, wie er den Tag noch besser planen könnte, um keinen anderen Menschen zu begegnen, die er nicht zu treffen gewillt war.

Am gestrigen Abend, es war schon nach Mitternacht, war er noch einmal an den Strand gelaufen.

Nach den schönen Stunden mit Mona Lu, da konnte er sich einfach nicht schlafen legen. Während andere vom Rotwein müde wurden, setzte dieser bei ihm ganz andere Geister frei.

Die Luft war lau, nicht zu warm und nicht zu kalt, gewesen. Er hatte sich nur einen dunkelblauen Pullover über sein blaues Poloshirt gezogen und sich einen leichten Schal um den Hals gelegt.

Mona Lu hatte ihn damit aufgezogen, dass er jetzt nur noch dunkelblaue Sachen trug. Doch für ihn war es eine enorme Erleichterung, wenn er sich über die Zusammenstellung von Farben, die für Frauen von enormer Bedeutung zu sein schien, keine Gedanken mehr machen musste. Er zog sich jetzt einfach an.

Und sie laufe doch auch überwiegend in Schwarz herum, hatte er gekontert, wogegen sie nur schwer etwas erwidern konnte, weil es stimmte. Das sei was anderes, hatte sie behauptet. Schwarz sei ein Lebensgefühl, wo hingegen Blau, nun ja, Blau sei eben eine Farbe. Er hatte gelächelt und ihr ihren Willen gelassen. Überhaupt hatten sie noch viel gelacht am gestrigen Abend. Und das hatte ihm gut getan.

Als er ihre roten Rücklichter des Wagens nicht mehr sehen konnte, war er wieder nach oben gegangen und hatte sich für den Spaziergang zurechtgemacht.

Er war viel weiter gelaufen als geplant und schließlich war er beim äußersten Zipfel des Strandes in Schillig angekommen. Und da war es ihm so vorgekommen, als ginge da jemand am Strand entlang. Und das um die Zeit, hatte er gedacht. Doch dann hatte er sich an die eigene Nase gefasst. Er war ja auch hier. Warum sollte auch nicht ein anderer auf die Idee kommen, diese laue Sommernacht für einen einsamen Ausflug zu nutzen.

Fast wäre er darüber hinweggekommen und hätte nur noch auf die offene See geschaut, als er noch eine Gestalt beobachtete, die sich langsam an die zuerst von ihm entdeckte heranschlich. Er rieb sich die Augen. Man konnte sich auch täuschen. Doch er irrte sich nicht. Da war ein weiterer Schatten und der holte immer weiter zum Ersten auf. Ob es ein Liebespaar war, das sich hier heimlich nachts am Strand traf? Gefühle trieben die wildesten Blüten und setzten allerlei Kräfte frei, wenn zwei

Herzen zueinander strebten. In dem Moment hatte er sich ein wenig geschämt, dass er sie so lange beobachtet hatte und gehofft, dass sie ihn nicht bemerkt hätten. Er warf noch einen letzten Blick zu den beiden herüber. Und als er dann sah, wie die beiden Schatten zu Boden gingen, da sah er sich in seiner Vermutung bestätigt. Dort brachen sich Gefühle Bahn.

Durch das laute Pfeifen von Mona Lu wurde Stein aus seinen amourösen Gedanken gerissen. Er lief nach unten und machte ihr auf.

»Echt, du musst dir angewöhnen, das Handy von mir anzuschalten«, war das Erste, was sie sagte.

»Schon meine Mutter hat sich an mir die Zähne ausgebissen, wenn ich etwas nicht wollte«, sagte er lächelnd und bat sie in die Mühle herein.

»Mir ist jetzt nicht nach Scherzen zumute«, quengelte Mona Lu. »Wir haben wieder eine Leiche. Und Hauke turnt irgendwo in Fallingbostel herum. Die ganze Welt bricht gerade über mir zusammen.«

Stein sah, in welch übler Verfassung Mona Lu war und setzte Wasser für einen grünen Tee auf.

»Nun mal eins nach dem anderen«, sagte er und schob sie in anschließend in Richtung Sofa. »Was genau ist eigentlich passiert, seitdem du mich gestern Abend verlassen hast?«

»Das habe ich doch gerade gesagt«, maulte Mona Lu. »Es gibt wieder ein Opfer. Und eine Spieluhr ... und ein Messer.«

»Wieder ein Laguiole?«

»Ja. Und die Spieluhr singt wieder LaLeLu ...«

»Dann ist das gestern passiert, als wir es uns hier gemütlich gemacht haben«, konstatierte Stein. Oder es ist passiert, als ich am Strand unterwegs war, fügte er in Gedanken hinzu und sah noch einmal die beiden Schatten, die sich zu Boden bewegten in einer Rückblende.

»Davon gehen wir aus. Schließlich hätte man den Toten sonst sicher eher gefunden. Am Strand ist doch jetzt immer eine Menge los.«

»Da sagst du was ...« Stein rieb sich am Kinn. Er hatte sich heute noch gar nicht rasiert.

»Du scheinst irgendwie nicht ganz bei der Sache zu sein«, sagte Mona Lu. »Das Wasser kocht übrigens.«

»Oh ...« Stein sprang auf und goss das kochende Wasser in eine durchsichtige Kanne, in der bereits ein Teebeutel hing.

»Hauke geht es übrigens gut«, sagte Mona Lu und sah dem Wasser dabei zu, wie es die hellgrüne Farbe annahm, die sie so liebte.

»Warum sollte es ihm denn nicht gutgehen?«, fragte Stein.

»Na, weil ich ihn seit gestern, als er hier bei dir gewesen ist, nicht wieder gesehen habe.«

»Ihr seid ja auch nicht mehr zusammen. Du musst doch nicht über jeden Schritt, den er tut, informiert sein.«

»Nein ... aber«, sie hielt sich gerade noch zurück, Stein mit der Lüge zu konfrontieren, dass Hauke wesentlich länger als nur die von ihm behauptete halbe Stunde in der Mühle gewesen war, und fuhr fort: »Auf jeden Fall ist er schon wieder auf dem Weg zurück.«

»Aha ...« Stein wusste immer noch nicht, wovon Mona Lu da eigentlich sprach. Doch Hauke interessierte ihn auch nur am Rande. Ihm spukten immer noch die beiden Figuren der gestrigen Nacht im Kopf herum. Wenn man es genau nahm, dann hatte er vermutlich einen Mord beobachtet, ohne einzuschreiten.

»Hauke war in Fallingbostel.«

»Ach was?«

»Ja. Er tut wenigstens was. Er hat versucht, den Laden zu finden, in dem der Täter vielleicht das besondere Messer gekauft hat.«

»Zeitverschwendung«, winkte Stein ab. »Täter besorgen sich alles was sie brauchen doch heutzutage im Internet.«

»Das habe ich auch gesagt«, gab Mona Lu kleinlaut zu.

»Und jetzt kommt er hoffentlich wieder hierher«, meinte Stein. »Du kannst ja offensichtlich nicht mehr klar denken, wenn er nicht in Wangerland in Sicherheit ist.« Er knuffte sie am Arm, dann schenkte er ihr den grünen Tee ein.

Während sie trank, sah er ihr zu und legte sich Worte zurecht, mit denen er ihr gleich erklären würde, was er in der Nacht gesehen hatte.

»Hm ... das tut gut«, sagte sie. »Manchmal frage ich mich, wie Menschen ohne grünen Tee überleben können.«

»Sicher nur schwer ... apropos, ich muss dir da noch etwas erzählen.«

Neugierig sah sie ihn an und legte ihre Hände um den Becher.

»Ich war gestern Nacht noch einmal raus, als du gegangen warst«, begann er. Da sie ihn nur weiter ansah, ihre Augen zu kleinen Schlitzen wurden, und er deren Gefühle, die sie damit zum Ausdruck brachte, nicht mehr deuten konnte, griff auch er nach seinem Tee.

»Ich höre«, sagte Mona Lu in einem Ton, der ihm fremd schien. In ihr arbeitete es wie in einem Feuerwerk. Doch der Adler? Hatte sie sich so getäuscht? Wollte er ihr hier jetzt gleich eine Lüge auftischen und alles vertuschen?

»Ja, okay«, sagte er und zupfte an seinem blauen Ärmel herum. »Wenn ich gewusst hätte, dass es wichtig sein könnte, hätte ich dich noch gleich heute Nacht angerufen, ich schwöre es.«

»Ach womit denn, wo du doch mein Handy behandelst, als hätte ich dir damit die Pest ins Haus gebracht.« Sie ließ ihn nicht aus den Augen.

»Ich hätte eine Ausnahme machen können«, gab er zu. »Aber ich wusste ja nicht, dass ich da gerade einen Mord beobachte.«

»Du hast den Mord gesehen!«, schrie Mona Lu. »Und du hast mich nicht angerufen!« Sie sprang vom Sofa auf. »Ich fasse es einfach nicht. Du bist doch schließlich auch einmal bei der Polizei gewesen. Du weißt, wie wichtig die ersten Stunden sind, wenn man noch eine Chance haben will, den Täter zu fassen. Grundgütiger ...« Sie lief wie ein wilder Tiger im Käfig hin und her.

Jetzt stand auch Stein auf. Er fand, jetzt war genug auf ihm herumgehackt worden.

»Also, vielleicht solltest du auch einmal nachts am Strand spazieren gehen, anstatt zu pennen«, sagte er in beißendem Ton.

Mona Lu wusste sofort, dass sie zu weit gegangen war, und fuhr ein paar Takte runter. »Sorry, so habe ich das nicht gemeint«, lenkte sie ein. »Es ist nur so ungeheuerlich, dass du in alles mit hineingezogen wirst.«

»Du sagst es ...« er drehte sich demonstrativ weg. »Ich habe nicht darum gebeten, dass man mich hier in die Mordermittlungen mit hineinzieht. Ich kam die letzten Monate auch alleine ganz gut zurecht.«

Mona Lu lief die paar Schritte, die sie beide trennte, zu ihm herüber und legte die Arme von hinten um ihn. »Adler, komm ... du weißt, dass ich das Temperament einer glutvollen Italienerin habe, obwohl ich noch nie in dem Land gewesen bin. Lass uns noch einmal von vorne anfange, Okay? Ich nehme auch alles zurück, wenn du es möchtest, na ja, vielleicht Teile davon.« Sie kicherte hinter ihm und es kitzelte bis zu seinem Nacken hinauf. Er konnte ihr einfach nicht böse sein. Er löste sanft ihre Arme von seiner Brust und drehte sich zu ihr um.

»Ich habe die beiden doch für ein Liebespaar gehalten, das sich heimlich trifft«, sagte er in ruhigem Ton. »Aber ich kann dir eines mit Sicherheit sagen, der Täter ist höchstens einen Meter fünfundsiebzig groß und leicht untersetzt. Und das Opfer war mindestens einen Kopf größer.«

»Und das konntest du alles in der Nacht noch sehen?«, fragte Mona Lu ungläubig.

»Man nennt mich nicht umsonst den Adler, schon vergessen?«

Beide mussten lachen und setzten sich wieder aufs Sofa.

»Ich werde Hauke anrufen, dass er hierher kommen soll«, sagte sie.

Stein machte große Augen. »Und dann?«

»Na, ich will wissen, was er da in Fallingbostel getrieben hat. Und außerdem denke ich, wir drei sind ein gutes Team.«

»Man muss es ja nicht gleich übertreiben«, wehrte Stein ab. Er sah schon vor seinem geistigen Auge, wie seine Mühle zu einer Art Hippietreff für Ermittlungsfreudige wurde. Nie wieder ausschlafen, nie wieder in Ruhe frühstücken, nur mit seiner Zeitung und Dorado, der in den Himmel krächzte.

»Es wird dir schon wieder alles zu eng, hab ich recht?« Sie legte eine Hand auf seine.

»Na ja, ich bin es gewöhnt, überwiegend alleine zu arbeiten. Dich ertrage ich zwar ab und zu, aber wenn noch jemand ständig seine Nase hier reinsteckt. Ich meine, dein Hauke ist sicher ein feiner Kerl, aber ...«

»Es ist nicht mein Hauke«, sagte Mona Lu bestimmt. »Doch er hat ein gutes Gespür für Sachen, die wichtig sein könnten. Er wird auch nicht dauernd hier herumhängen, versprochen.« Sie sah ihn mit ihren viel zu groß in dem schmalen Gesicht wirkenden braunen Augen an.

Stein schob seine Mundwinkel hin und her. »Okay, weil du es bist. Aber nur unter einer Bedingung.«

»Jede, versprochen«, atmete sie auf.

»Ihr taucht hier nie, und ich meine es bitterernst, ihr taucht hier niemals vor zwölf Uhr auf.«

Mona Lu überlegte kurz, dann schlug sie ein. Als sie Hauke anrief, war er schon auf der A28 Richtung Oldenburg unterwegs. Er versprach, am nächsten Tag um kurz nach zwölf in der Mühle vorbeizuschauen, weil er es heute auch aus beruflichen Gründen nicht mehr schaffen könnte. Sein Chef springe schon im Dreieck.

Das perfekte Trio

Stein schien die Sonne ins Gesicht und er schlug die Augen auf. Es wird nie wieder so sein, wie es einmal war, dachte er, als er sich in seinem Bett aufsetzte und Mona Lu unter einer blauen Decke auf dem großen Sofa liegen sah.

Natürlich hatte er sie nicht nach Hause schicken können, nachdem sie zwei Flaschen Rotwein geleert hatten. Doch das? Wo war sie hin, seine zeitlose Welt? Und wie sollte er ihr erklären, dass er nicht möchte, dass jemand Besitz von seinem Leben ergriff? Sicher hätte sie ihn verstanden, hätte er es angesprochen. Doch nach Hause schicken könnte er sie nach einer Flasche Rotwein immer noch nicht. Und die Abende mit ihr waren auch ein angenehmer Zeitvertreib. Er musste eine Lösung dafür finden. Möglicherweise ließe sich für Mona Lu im Erdgeschoss eine Art Raum für alle Fälle einrichten. Und er musste so konzipiert sein, dass er sich trotzdem im ersten Stock bewegen könnte, als sei sie gar nicht da. Schnell sah er ein, dass er dann dort unten eine Art Bunker errichten musste, durch den nichts hindurchdrang. Er verwarf den Gedanken. Egal, was sich hier wegen Mona Lu veränderte, es war nicht mehr seine Mühle. Sein Schneckenhaus.

»Bist du schon wach?« Mona Lu räkelte sich. »Ich habe wunderbar geschlafen. Ich kann sehr gut verstehen, warum du hier lebst.«

Sie setzte sich auf und wuschelte durch ihr schulterlanges dunkles Haar, das jetzt offen war.

»Adler?«, sagte sie, als er nichts erwiderte. »Was geht in deinem Kopf vor?«

Er kam halb hoch. »Ach nichts ...«

»Das kannst du mir nicht erzählen«, sagte sie. »Es passt dir nicht, dass ich hier geschlafen habe, ich weiß.« Sie ließ sich wieder aufs Kissen fallen. »Ich kann das ja auch verstehen.«

»Nein, so ist es nicht«, versuchte Stein zu beschwichtigen.

»Ach, kein Problem. Wenn man es gewöhnt ist, alleine zu sein, dann fühlt man sich plötzlich beobachtet, wenn da jemand ist.«

»Quatsch, wir kennen uns doch ...«

»Aber offensichtlich nicht gut genug«, lachte sie. »Ich verspreche dir, dass das kein Dauerzustand wird. Wenn der Fall gelöst ist, sehen wir uns sicher sowieso kaum noch.«

»Dann würde mir Hauke aber fehlen«, sagte er und sie warf ein Kissen nach ihm.

»Das merke ich mir, du Charmeur. So, ich mache mich jetzt mal frisch. Wie spät ist es eigentlich?« Sie angelte nach ihrem Handy. »Wow, schon gleich zehn. Wir haben ja geschlafen wie die Murmeltiere.« Sie sprang auf und ging ins Erdgeschoss.

Stein stieg aus dem Bett und zog sich ein T-Shirt über. Dann setzte er Kaffee an und deckte den Frühstückstisch. Heute hatte er nur Knäckebrot und ein paar Käsereste zu bieten. Die nächste Lieferung würde erst übermorgen wieder kommen. Es war erstaunlich, was eine Person mehr im Haushalt doch für Aufwand bedeutete. Für heute Abend hätten sie nicht einmal mehr ein Glas Wein.

»Du trägst ja auch dunkelblaue Unterwäsche«, stellte Mona Lu irritiert fest.

Stein sah an sich herunter. »Natürlich, hab ich doch gesagt, nur noch eine Farbe. Das erleichtert das Leben ungemein. Und ich wette, deine Unterwäsche ist schwarz.« Er hob neugierig die Brauen und sah sie lächelnd an.

»Eins zu null für dich«, erwiderte sie und zog für den Bruchteil einer Sekunde ihr Oberteil hoch.

»Ich hätte gedacht, du trägst Sport-BHs«, sagte er nur und lief hinunter ins Bad.

Sie frühstückten und redeten dabei nicht viel. Stein vertiefte sich in seine Zeitung und Mona Lu spielte an ihrem Smartphone herum.

***

Währenddessen holte Hauke Flessner sich eine Abreibung bei seinem Chef ab. Wenn er der Polizei anstatt der Presse unter die Arme greifen wolle, dann solle er den Arbeitgeber wechseln, fauchte er.

Durch seine Alleingänge sei ihnen jetzt die Fortsetzungsstory des Serienkillers durch die Lappen gegangen, weil Haukes Kollege eben nur Praktikant sei. Und er hätte nun mal auch nicht die persönlichen Kontakte zur Polizei.

Gerade auf die letzte Bemerkung hätte Hauke nur zu gerne etwas Passendes erwidert. Doch da sein Chef sowieso schon halb durchs Telefon gekrochen kam, verkniff er sich weitere Kommentare und gelobte Besserung. Er sei im Übrigen gleich mit der Polizistin verabredet, um an weitere Informationen ranzukommen. Das mit der Story, das hole er nach.

Hauke wischte sich übers Gesicht, als der Chef endlich aufgelegt hatte. Er ärgerte sich ja selber darüber, dass er die Sache vermasselt hatte. Aber auf der anderen Seite würde er jetzt gleich mit der süßesten Polizistin und dem berüchtigten Polizeipsychologen aus Frankfurt an einem Tisch sitzen. Wer konnte sich schon damit rühmen außer ihm? Er würde seinem Chef schon zeigen, was eine Harke ist.

Er stöberte in den letzten Berichten diverser Zeitungen, die auf dem Tisch lagen, und machte sich um kurz vor zwölf auf den Weg zur Mühle.

Als er dort ankam, standen Mona Lu und der Adler bereits draußen in der Sonne.

Sie begrüßten sich kurz und aus dem Augenwinkel heraus sah Hauke, dass eine weitere Tonne hinzugekommen war. Sie hatte einen Zettel mit der Aufschrift *Bitte wieder mitnehmen*. Er fragte sich, wer so einer Aufforderung, dort hineinzusehen, wohl freiwillig nachkommen würde.

Stein hatte einen grünen Tee gemacht und sie setzten sich an den Tisch.

»Na, dann erzähl mal, was du bei deiner Ermittlungstour erlebt hast«, begann Mona Lu und blickte in Richtung Hauke.

»Das war sicher eine Fahrt für die Katz«, antwortete er ehrlich. »Und vor allem habe ich noch einen ordentlichen Einlauf von meinem Chef bekommen, weil ich ihm für den zweiten Mord keine Exclusivstory geliefert habe. Mein Kollege hat das wohl ziemlich verpeilt.«

»Ach, mach dir nichts draus, der Täter wird weitermachen«, mischte sich Stein ein. »Du wirst noch Storys bekommen.«

»Sind Sie sicher?«, fragte Hauke.

»Allerdings«, nickte Stein. »Und wenn wir schon zusammenarbeiten, dann kannst du mich auch duzen.«

»Okay«, freute sich Hauke über diese Beförderung. »Aber dann möchte ich Sie ... ähm ... dich auch Adler nennen, wenn ich darf.«

Stein lachte. »Von mir aus.«

»Wie gehen wir denn jetzt weiter vor?«, fragte Mona Lu und sah von Stein zu Hauke und zurück. »Bei den Opfern ließ sich keine Verbindung herstellen. Ich weiß gar nicht, wo ich suchen soll. Sie waren beide nicht von hier.«

»Nun, wir haben das Messer. Der Täter verwendet es nicht ohne Grund, wenn es bei beiden Morden auftaucht«, meinte Stein. »Und sie waren beide in Urlaub hier, oder?«

»Nur das zweite Opfer«, korrigierte Mona Lu. »Der Grube war auf Geschäftsreise. Er war Vertreter oder sowas. Aber die Firma habe ich gecheckt. Keine Auffälligkeiten.«

»Dann sieht es wohl so aus, als ob der Täter wahllos zuschlägt«, sinnierte Stein und drückte mit seinem Zeigefinger auf seine Nase und ließ ihn anschließend auf und ab wippen. »Und sie waren ungefähr im gleichen Alter, wenn ich mich recht erinnere.«

»Ja, das stimmt«, bestätigte Mona Lu. »Du meinst, es gibt noch mehr Gemeinsamkeiten, stimmt's?«

»Es muss sie geben«, sagte Stein und lehnte sich auf seinem Stuhl zurück. »Der Täter wählt die Opfer wahrscheinlich spontan aus, aber vorher haben sie etwas getan, dass sie zum Opfer gemacht hat.«

»Sie waren beide alleinstehend, fällt mir noch ein. Ob das auch eine Rolle spielt?«

»Das könnte sein, muss aber nicht.«

»Aber wenn wir annehmen, dass es wichtig ist, wer könnte ein Motiv haben, alleinstehende Männer Ende vierzig umzubringen?«, fragte Hauke, der auch endlich mitmischen wollte.

»Tja, gute Frage«, antwortete Stein. »Mona Lu, hast du schon recherchiert, ob es weitere Mordfälle gibt, bei denen ein Laguiole Messer eine Rolle spielte?«

Mona Lu schüttelte den Kopf. »Ehrlich gesagt, dazu bin ich noch nicht gekommen. Aber das wäre ein Ansatzpunkt. Es gibt eine Menge ungeklärter Verbrechen. Ich werde gleich die Suchmaschine starten, wenn ich wieder in der Dienststelle bin.«

»Okay. Das wäre eine Aufgabe. Und Hauke? Was machen wir?«

Hauke sah Stein unschlüssig an. »Ich weiß nicht. Ich könnte mir die Fotos noch einmal vornehmen und in anderen Zeitungsarchiven nach Aufnahmen suchen, bei denen Männer erstochen wurden.«

»Sehr gut«, lobte Stein. »Dann wärt ihr ja mindestens die nächsten drei Stunden beschäftigt.«

»Und was machst du?«, fragte Mona Lu.

»Ich«, grinste Stein, »ich werde mich aufs Sofa legen und nachdenken. Ich erwarte euch zum Abendbrot zurück.«

ER

Er hatte schlecht geschlafen und wachte am Morgen verschwitzt auf. Es waren diese Alpträume, die aus ihm einen anderen machten. Vielleicht wäre er ein einfacher Mann mit einer Frau und drei Kindern, wenn das, was er kaum denken, geschweige denn aussprechen konnte, damals nicht geschehen wäre.

Niemals würde er seine Frau so behandeln, wie es sein Vater sich zur Aufgabe gemacht hatte. Seine Kinder würden fröhlich sein. Zwar würde er ihnen zeigen, wie man am besten im Leben zurechtkam, doch wenn sie sich für einen anderen Weg als den, der ihm für sie vorschwebte, gehen sollten, dann würde er es zulassen. Kinderseelen waren so zerbrechlich. Und jedes Häutchen, das sich mit vielen tausend anderen zu einem kleinen Herzen zusammensetzte, war alleine wie der Faden einer Spinne im Wind. Man durfte kleinen Kinderseelen nicht wehtun. Kein Vater und auch sonst kein Mann.

Es war noch sehr früh und er war einer der Ersten im Frühstücksraum. Er meinte, das Herz der Bedienung schlagen zu hören, als sie mit kaum vernehmbaren Schritten an seinem Tisch vorbeiglitt wie ein Wesen vom anderen Stern. Hatten sie ihn schon geholt? Ihn endlich erlöst? Es gab Phasen in seinem Leben, da wünschte er sich, seine Gedanken nicht mehr zu denken. Seine Gefühle nicht mehr zu fühlen. Er wollte einfach nicht mehr da sein. Denn dann hörte es endlich auf, so hoffte er. Wenn andere Menschen sich an dem Gedanken, dass das Leben nach dem Tod nicht endete, sondern Licht am Horizont für eine weitere Zukunft wähnten, so betete er gerne den Teufel an, er möge ihn verschonen.

Der einzige Trost, der ihm blieb, war die Aufgabe, die er sich gestellt hatte, bis er diese grausame Erde verließ. Er würde jedes Kind retten. Jedes, dass er zu retten in der Lage wäre.

Eine junge Familie kam in den Frühstücksraum und riss ihn aus seinen Gedanken. Ein gutaussehender junger Mann mit einer bildhübschen Frau. Und das Mädchen, es mochte vielleicht sieben oder acht sein, hielt sich an seinem Vater fest. Doch sie suchte keinen Schutz, sondern Nähe. Das verrieten ihre großen blauen Augen. Sie sah ihn an, als wollte sie sagen, guck mal Fremder, es gibt auch gute Väter und Männer. Es ist nicht alles schlecht auf dieser Welt. Ich habe keine Angst.

Doch da sollte sie sich nur nicht in die Irre führen lassen. Denn an einem anderen Tisch am anderen Ende des Raumes, da saß ein Mann, der dieses kleine Mädchen mit seinen Blicken fraß. Und damit war sein Schicksal besiegelt.

Doch er musste auf der Hut sein. Er konnte nicht sicher sein, dass man den Strand von Schillig nicht mittlerweile bewachte. Und im Endeffekt war es egal, wo er seine Opfer tötete. Warum also nicht einmal auf einer Parkbank oder in einem Wartehäuschen an einer Bushaltestelle? Letztendlich war es gleichgültig wo es geschah und er freute sich sogar auf seine neue Aufgabe.

Abendmahl

Mona Lu hatte den Nachmittag mit einem mulmigen Gefühl verbracht. Egal, was sie auch in die Suchmaschine eintippte, es kam nichts dabei heraus. Und jetzt würde sie gleich mit leeren Händen zur Mühle fahren. Es machte ihr zu schaffen, weil sie doch die eigentliche Ermittlerin in diesem Fall war. Man würde sie zur Rechenschaft ziehen, wenn nicht bald erste Ermittlungserfolge erzielt wurden. Ob sie sich von Hauke und dem Adler vielleicht nur ablenken ließ?

Ihr Chef würde das ganz sicher so sehen. Bestimmt würde er sagen, dass sie nicht in einem Kindergarten wären, wo man lauter Hobbydetektive aus Spaß ermitteln ließ. Es war bestimmt besser, er würde niemals davon erfahren.

Und ihre beiden Ermittlerfreunde würden auch ganz sicher nicht darauf bestehen, mit der Lösung des Falles groß in der Zeitung zu stehen. Hauke nicht, weil er natürlich den Bericht schreiben würde. Sie war überzeugt, dass er sich auch für die Zukunft jegliche Exclusivrechte bei ihr sichern wollte, wenn er sie jetzt unterstützte. War es klug, sich so erpressbar zu machen?

Gegen achtzehn verließ sie schließlich die Dienststelle.

***

Hauke war ganz in seinem Element. Er klickte am Rechner in sämtlichen Archichen von Norddeutschland bis nach München. Hätte man ihn gefragt, hätte er niemals angenommen, dass so viele Menschen auf brutale Weise ums Leben kamen. Natürlich war das naiv. Doch so viel war in seiner Heimat Friesland nun mal nicht los. Und er war nicht der Typ, der durch die Welt reiste. Er fühlte sich an der Küste wohl. Jetzt fragte er sich allerdings, ob ihn weitgereiste Kollegen, die sogar als Journalisten in Übersee arbeiteten, ihn vielleicht zu Recht ein Landei nennen würden, das über die Heimatvereine und ab und zu einen Hundeschiss im Vorgarten eines Nachbarn berichtete. Er sah sie höhnisch lachen. Und er würde es ihnen zeigen. Denn genau das stachelte ihn an. Er würde der große Journalist sein, der der Polizei bei der Arbeit über die Schulter sah, während die anderen auf die Brocken warteten, die man ihnen zuwarf. Und jetzt arbeitete er nicht nur mit Mona Lu, sondern auch mit dem Adler, einer richtigen Persönlichkeit aus der Großstadt. Er hatte jetzt praktisch alle Trümpfe in der Hand. Er musste sie nur noch richtig ausspielen.

Er vergaß die Zeit bei seiner Recherche und seinen glorreichen Zukunftsplänen und brach schließlich Hals über Kopf um achtzehn Uhr dreißig auf.

***

Stein wendete die Kartoffeln, die in der Pfanne bereits einen goldbraunen Farbton angenommen hatten. Außerdem hatte er noch ein paar Möhren und eine Stange Lauch gefunden. Und dazu würde er noch ein paar vegetarische Bratlinge in die Pfanne legen.

Dazu gab es einen Kopfsalat mit French Dressing und Tomaten.

Es erstaunte ihn immer wieder, was man alles auf den Tisch zaubern konnte, selbst wenn man meinte, eigentlich gar nichts mehr im Haus zu haben.

Im Erdgeschoss hatte er tatsächlich in einem von den vielen Kartons, die er noch gar nicht wieder geöffnet hatte, eine Flasche Weißwein gefunden. Er hatte sich daran erinnert, als er das Dressing für den Salat zubereitete. Den Sauvignon Blanc wollte er eigentlich mit einer alten Bekannten trinken. Doch bevor es dazu kam, war sie bei einem schweren Verkehrsunfall ums Leben gekommen. Er wollte auch diese alten Geister vertreiben und entschied sich, die Flasche an diesem Abend zu öffnen.

Ab und zu hielt Dorado seinen riesigen Schnabel zum Fenster herein und ließ sich mit Kartoffelscheiben füttern, die Stein für das Tier aus der Pfanne fischte und auf einer Kaffeeuntertasse abkühlen ließ. Ich hätte keine Probleme, diesen Abend mit dem Raben alleine zu verbringen, dachte Stein.

Wenn dieser Fall gelöst war, dann würde er neben der Uhrzeit, ab der die anderen beiden ihn besuchen durften, noch um ein paar freie Tage, die er ganz für sich haben wollte, ergänzen.

Als er den Tisch gedeckt hatte, räumte er noch die *FAZ* vom 9. September 2014 beiseite, die er in den letzten beiden Stunden ausführlich studiert hatte. Auch wenn es ihm keiner abnahm, er konnte wunderbar beim Zeitunglesen nachdenken.

Er sah auf seine Armbanduhr. Gleich war es fünfzehn Minuten nach sechs. Gleich wäre es mit der Ruhe vorbei.

Und dann hörte er auch schon den Pfiff von Mona Lu. Er lief nach unten und öffnete ihr.

»Ich bin frustriert«, sagte sie statt einer Begrüßung.

»Das ist gut«, sagte Stein. »Dann kann man am besten arbeiten.«

»Tatsächlich?«

»Ja, weil man dann unbedingt ein Erfolgserlebnis braucht.«

»Komisch Logik ...«

»Ist ja auch meine. Denkst du, dass dein Hauke auch gleich hier sein wird. Dann könnten wir hier unten warten.«

Ärgerlich sah sie ihn an. »Das ist nicht mein Hauke«, sagte sie betont. »Aber so wie ich ihn kenne, wird er mindestens mit einer halben Stunde Verspätung hier auftauchen.« Sie grinste schon wieder.

»Dann lass uns raufgehen und schon mal den Wein probieren«, schlug Stein vor. »Wir können ja auf die Galerie gehen, dann sehen wir, wenn Hauke kommt.«

Hauke fuhr wie der Teufel. Und zum Glück waren auch nicht so viele andere Fahrzeuge unterwegs. Er sah nicht einmal in den Rückspiegel, wenn er um einen Radfahrer herumfuhr. Das war eigentlich schade. Denn sonst hätte er gesehen, dass da ein Wagen hinter ihm fuhr, der sorgsam einen gewissen Abstand einhielt, um nicht entdeckt zu werden.

Mit quietschenden Reifen kam Hauke bei der Mühle an. Er stieg aus dem Wagen und hielt ein Sechserpack

Jever in die Höhe, als er Mona Lu und Adler auf der Galerie entdeckte.

»Ich hab Bier mitgebracht«, rief er fröhlich und fühlte sich völlig verschwitzt.

Stein war nach unten gelaufen und machte ihm auf.

»Ich hoffe, du magst Pils«, sagte Hauke und wischte sich mit dem Handrücken über die Stirn.

»Wer mag das nicht«, log Stein, der selten etwas anderes außer Wein getrunken hatte. Aber er wollte so viel Eifer auch nicht im Keim ersticken.

Hauke und Mona Lu setzten sich an den Tisch, auf dem nur noch die Bratkartoffeln fehlten, weil Stein sie auf der Platte warmgehalten hatte.

»Das riecht ja wie bei meiner Mutter«, sagte Hauke. »Und Kohldampf hab ich auch.«

»Er war noch nie gut im Teilen, Adler. Wir sollten aufpassen, dass wir etwas abbekommen«, lachte Mona Lu.

»Wenn wir zusammenarbeiten, dann essen wir auch zusammen und teilen alles gerecht auf«, sagte Stein. »Disziplin ist das oberste Gebot, wenn man erfolgreich sein will.« Er machte ein bitterernstes Gesicht in Richtung Hauke und dieser schluckte. Mona Lu platzte fast vor Lachen. Dann grinste auch Stein.

»Ihr wollt mich wohl veräppeln«, sagte Hauke und zog eine Grimasse. Er öffnete sich ein Jever Pils mit seinem Feuerzeug und nahm einen großen Schluck, so dass es zischte.

Das Essen schmeckte hervorragend und reichte auch für alle drei.

»Darf man hier rauchen?«, fragte Hauke und zog schon sein Tabakpäckchen heraus.

»Dafür sollten wir lieber auf die Galerie gehen«, schlug Stein vor. »Hier halte ich mich Tag und Nacht auf und man bekommt den Geruch so schwer wieder aus den Möbeln.«

»Kein Problem.«

Sie gingen nach draußen, wo Dorado aufgeschreckt mit den Flügeln schlug.

»Was hat er?«, fragte Mona Lu. »Er war doch vorhin nicht so aufgeregt.«

»Keine Ahnung«, antwortete Stein. »An Hauke kann es eigentlich nicht liegen. Er wird sich schon gleich wieder beruhigen.«

Und in der Tat hatte Stein recht. An Hauke lag es nicht, dass Dorado so nervös war.

»Wie gehen wir die Sache jetzt an?« Mona Lu schien voller Tatendrang.

»Was hast du denn noch rausgefunden?«, stellte Stein eine Gegenfrage.

»Nicht viel«, gab sie zu. »Jedenfalls nichts, was ich in Zusammenhang mit diesen beiden Mordfällen sehen würde. Deshalb bin ich ja auch so frustriert. Sicher hat der Täter schon sein nächstes Opfer ins Visier genommen und ich bin die Dumme bei der Sache.«

»Nun übertreib man nicht«, meinte Hauke. »Es gibt so viele ungelöste Fälle, da muss man nur lang genug suchen.«

»Da spricht wohl der Fachmann«, ätzte Mona Lu.

»Ich komme jedenfalls nicht von einem anderen Stern«, maulte Hauke. »Und ich habe mir heute einiges an Archivmaterial reingezogen. Ich hätte nie gedacht, dass die Polizei so versagt. Es gibt praktisch mehr ungeklärte Mordfälle als Täter.«

»Was ist das denn für eine beschissene Logik«, fauchte Mona Lu.

»Hallo!«, fuhr Stein amüsiert dazwischen. »Was habe ich vorhin über die Zusammenarbeit gesagt? Während ihr euch hier gleich die Köpfe einschlagt, fährt bereits das nächste Messer in einen Leib.«

Hauke und Mona Lu standen da wir kleine Kinder, die man beim Raufen auf dem Schulhof erwischt hatte.

»Du hast ja recht«, gab Mona Lu zu. »Ich werde versuchen, meinen Frust herunterzuschlucken.«

»Ja, und ich hör auch auf, Mona zu ärgern«, grinste Hauke.

Hätte sie in diesem Moment ein Messer gehabt, dann wäre das nächste Opfer hier auf der Galerie zusammengesackt.

»Lasst uns wieder reingehen«, sagte Stein. »Es wird kühl und ich möchte lieber auf meinem gemütlichen Sofa nachdenken.«

ER

Er hatte sich soweit zurückfallen lassen, dass man seinen Wagen nicht mehr sehen konnte, als dieser Journalist auf einer freien Strecke direkt auf eine alte Windmühle zufuhr. Was um alles in der Welt wollte er dort? Das konnte doch unmöglich sein Zuhause sein.

Und dann hielt der Wagen auch tatsächlich dort. Und dann sah er durch sein Fernglas, dass dort oben auf der Galerie die kleine niedliche Polizistin stand, die versuchte, ihn zu schnappen. Ach, hätte sie nur sehen können, wie adrett sie manchmal guckte, wenn sie nachdachte. Er hatte sie bei ihrer Ermittlungsarbeit am Strand beobachtet, als er sich unter die Schaulustigen gemischt hatte. Denn es war eine Binsenweisheit, dass man dort am wenigsten auffiel, wo das Verbrechen geschehen war. Sie wirkte manchmal so deprimiert, dass er ihr am liebsten alles erzählt hätte, damit sie wieder lachen konnte.

Aber was um alles in der Welt machte sie dort in der Mühle? Und dann mit diesem feisten Schreiberling? Erst jetzt bemerkte er, dass dort oben noch ein weiterer Mann hinter einem Mühlenflügel stand. Er hielt ein Glas in der Hand. Was hatte er mit der ganzen Sache zu tun? Er war offensichtlich älter als die Polizistin und der Journalist, die so bemitleidenswert bemüht waren in ihrer Naivität.

Doch der Mann, er war von ganz anderem Kaliber. Das sah er allein an seiner Haltung. Er strahlte Würde aus und Gelassenheit. Seine Kleidung war dunkel, aber nicht schwarz. Das Haar war gut geschnitten und er hatte ein schmales Gesicht mit einer feinen Nase. Fast sah er aus wie ein Adeliger.

Als der Blondschopf reingegangen war, hatte er von den Dreien danach keinen mehr gesehen.

Doch er war sich sicher, dass sie etwas gegen ihn ausheckten. Er musste auf der Hut sein.

Die Nacht hat viele Augen

Es war so still, dass man jeden Flügelschlag eines noch nicht schlafenden Vogels am Himmel hätte hören können.

»Glaubst du, dass das hier was bringt?«, flüsterte Hauke und versuchte, seinen Arm in eine bequemere Lage zu bringen.

Er lag mit Mona Lu bäuchlings in einem alten Ruderboot, das der Adler ihnen zugewiesen hatte. Das sei für die nächsten Stunden ihr Observationsstandort, hatte er gesagt und Mona Lu war maulend hineingekrochen. Ausgerechnet die Nacht neben Hauke verbringen und dann auch noch liegend. Sie hätte sich wirklich was Schöneres vorstellen können.

Doch sie wagte nicht zu widersprechen, als Adler seinen Plan vorgestellt hatte, denn sie selber hatte nichts zu bieten. Weder einen Täter noch eine Strategie.

Hauke und sie sollten ein Liebespaar spielen, das sich hier in der Einsamkeit am Strand von Schillig traf. Und sie würde schon dafür sorgen, dass es nicht zu realistisch aussah.

»Ich weiß nicht, was das bringt«, sagte sie schließlich. »Aber ich finde, Adler hat schon recht, wenn er davon ausgeht, dass auch das nächste Opfer am Strand gefunden wird.«

»Die Wahrscheinlichkeit ist hoch«, stimmte Hauke zu. Jetzt war sein Arm endgültig eingeschlafen und er drehte sich auf den Rücken.

»Nun mach dich hier mal nicht so breit.« Mona Lu knuffte ihn in die Seite.

»Wieso hast du mich eigentlich verlassen Mona?«, fragte Hauke plötzlich, als der Sternenhimmel ihm ins Auge stach.

Auch das noch. Mona Lu verdrehte die Augen. Bei Männern gingen die Hormone wohl schon durch, wenn sie nur neben einer Frau lagen und nicht drauf.

»Ich glaube, das war mit ein Grund«, sagte sie knapp.

»Was?«, fragte Hauke verdattert und richtete sich auf.

»Na, dass du dir nicht mal meinen Namen merken kannst.«

»Ach das ... ich finde, Mona reicht.«

»Und ich finde, das hast nicht du zu entscheiden. Und jetzt Schluss mit dem Thema, okay? Wir sollen hier ein verliebtes Pärchen spielen und uns nicht gegenseitig den Kopf abreißen.«

Hauke sah ein, dass er für diesen Moment verspielt hatte, und legte sich halb seitlich wieder auf den Bauch.

Währenddessen schlich Stein mit einem Fernglas ein wenig weiter landeinwärts am Strand entlang, immer in sicherer Deckung hinter einem Busch oder Ähnlichem. Auch wenn er sich sicher war, dass dieser Plan nicht der Schlechteste war, so spürte er doch instinktiv, dass sie in dieser Nacht kein Glück haben würden. Es lag etwas in der Luft, das sich nur schwer beschreiben ließ. Vielleicht war es diese Stille. Kein Hauch. Es war alles viel zu perfekt für einen bestialischen Mord. Ein Täter brauchte eine Kulisse, die ihn bestätigte. Brauchte den Wind und den Schmutz. Doch diese Nacht war wie gemalt. Viel zu schön für einen sinnlosen Tod.

Er entschied, sich vorsichtig wieder zur Mühle zu schleichen. Mona Lu und Hauke sollten ruhig noch ein bisschen schmoren, damit sie lernten, was Disziplin war.

Als Stein wieder bei der Mühle ankam, roch er etwas. Es war nicht der Geruch nach frischem Gras. Auch nicht nach einem sonnengetränkten Tag, der sich an die Nacht verabschiedet hatte. Es war der Geruch nach etwas Fremden. Sonderbarem, das hier nicht hingehörte.

Er schlich um die Mühle herum, doch in diesem Licht konnte selbst er keine fremden Spuren mehr erkennen. Er sah nach oben zum Geländer, doch Dorado war nicht da.

Mit gemischten Gefühlen ging Stein schließlich nach oben in den ersten Stock. Er trat auf die Galerie und umrundete sie. Auf weiter Flur konnte er nichts Auffälliges entdecken. Er beschloss, sich einen Kaffee zu machen und hier draußen auf Mona Lu und Hauke zu warten.

Erst eine gute Stunde später sah er schemenhaft zwei Gestalten in weiter Ferne auf die Mühle zukommen. Das mussten sie sein. Als sie immer dichter kamen, erkannte er sie schließlich an ihrer Statur. Etwas irritierte ihn weiter links von den beiden. Er hätte schwören können, dass da noch jemand war. Schnell lief er hinein und holte sein Fernglas. Doch als er seine Augen schweifen ließ, entdeckte er nichts mehr im Gebüsch.

Mona Lu wirkte enttäuscht, als sie mit Hauke in der Mühle ankam.

»Das war wohl nichts«, sagte sie und nahm dankbar den Kaffeebecher entgegen, den Stein ihr hinhielt. Hauke entschied sich für ein Bier.

»Und ihr habt niemanden gesehen die ganze Zeit?«, fragte Stein.

Mona Lu schüttelte mit dem Kopf. »Absolut nichts. Und die Sicht war wirklich klar. Offensichtlich hat der Täter sich entschieden, mal eine Pause einzulegen.«

»Vielleicht hat er auch etwas gemerkt«, meinte Hauke und stieß geräuschvoll Luft aus, die sich durch die Kohlensäure des Bieres in seinem Bauch gesammelt hatte.

»Du meinst, er hat uns entdeckt?«, fragte Mona Lu missmutig. »Dann liegt es aber garantiert an dir, weil du dich so in dem Boot herumgewälzt hast.«

Hauke schüttelte den Kopf und trank noch einen großen Schluck aus der Flasche.

»He, das bringt nichts, wenn wir uns gegenseitig die Schuld in die Schuhe schieben«, meinte Stein. »Nur, weil er heute nicht zugeschlagen hat, heißt das ja nicht, dass nichts mehr passieren wird. Wir müssen Geduld haben.«

»Es fällt mir verdammt schwer, mit einem Mörder Geduld zu haben«, sagte Mona Lu und lehnte sich auf das Geländer.

Jeder für sich hing seinen Gedanken nach, bis sich Hauke schließlich auf den Weg machte. Und auch Mona Lu fuhr in ihre Wohnung, so dass Stein voller Wonne gegen drei Uhr in sein Bett fiel. Endlich wieder allein.

ER

Grotesk und dilettantisch, so ließen sich für ihn die Bemühungen der drei Menschen, die ihn zu erwischen hofften, am besten beschreiben. Glaubten sie wirklich, er würde ihnen so leicht in die Falle gehen. Mit wem, glaubten sie, hätten sie es hier zu tun? Fast war er geneigt, es als persönliche Beleidigung zu werten und ihnen ihr Versagen direkt zu offenbaren, indem er sich ihnen zeigte. Doch soweit ging sein Geltungsbedürfnis nun auch nicht. Er kicherte in sich hinein. Sollten sie ruhig glauben, er ginge ihnen bald ins Netz. Umso mehr fühlte er sich schließlich herausgefordert. Er musste an dem Ableben seines nächsten Opfers feilen. Vielleicht drehte er den Spieß sogar um, und stellte ihnen eine Falle. Einen ersten Köder hatte er bereits in der letzten Nacht ausgeworfen. Er war gespannt, wie der Mann in der Mühle damit umgehen würde.

Der Mann, der den Frühstücksraum betrat, riss ihn aus seinen Gedanken. Schade, dachte er, wenn dieses Trio ihm keinen Strich durch die Rechnung gemacht hätte, dann wäre dieser grobschlächtige Kerl schon tot.

Es widerte ihn geradezu an, als er sah, wie der Mann sich setzte und in seiner Achselhöhle kratzte. Sah so ein lebenswertes Leben aus? Doch darüber wollte er jetzt nicht richten. Seine Aufgabe waren die Kinder.

Und als der Mann seinen mürrischen Blick durch den Raum schweifen ließ, der sich erst erhellte, als er wieder das kleine Mädchen vom Tag zuvor erblickte, da wäre er am liebsten aufgestanden und hätte ihm das stumpfe Brotmesser direkt ins Herz gerammt.

Nein, er konnte nicht mehr warten. Dieser Mann musste sterben. Heute noch.

Am Morgen

Hauke schlug sich kaltes Wasser ins Gesicht. Er hatte verschlafen und die Redaktionssitzung um neun war schon ohne ihn angefangen. Sein junger Kollege hatte ihn per SMS geweckt, wo er denn bleibe. Der Alte säße schon auf Kohlen.

Doch selbst, wenn er sich jetzt beeilte, würde Hauke über eine Stunde zu spät sein. Die Videoschaltung zu seinem Chef wäre dann längst vorbei. Er zermarterte sich den Kopf, mit welcher tollen Story er punkten könnte. Denn gute Schlagzeilen rechtfertigten im Zeitungsgeschäft einfach alles.

Ihm fiel Adler ein, über den er immer noch nicht geschrieben hatte. An ein Interview war nicht zu denken, da würde der komische Eremit niemals mitmachen. Aber gegen einen Bericht über seinen heimlichen Umzug in die Einöde, da konnte er sich im Prinzip nicht wehren. Nur ihn hinterher umbringen. Also schlug Hauke sich auch diese Idee aus dem Kopf. Seinen Chef hätte diese Story eh nicht vom Hocker gehauen. Schließlich war der Adler nicht mehr im aktiven Dienst. Jedenfalls nicht offiziell. Doch auch darüber durfte Hauke weder sprechen noch schreiben.

Da das Kind jetzt sowieso schon in den Brunnen gefallen war, entschied sich Hauke für einen Ausflug an den Strand von Schillig. Die Sonne stand bereits prall am Himmel und so konnte er sicher sein, dass wieder jede Menge Ausflugsgäste im Sand lagen oder badeten.

Vor einem Jahr, da hatte er tatsächlich mal eine berühmte Persönlichkeit durch Zufall dort entdeckt. Das war eine tolle Titelstory geworden. Vielleicht klappte sowas ja auch heute.

***

Mona Lu hatte Kopfschmerzen. Und dabei hatte sie nicht einmal etwas getrunken gestern Abend.

Sie war erst um kurz vor vier eingeschlafen und fühlte sich hundeelend, als sie auf den Wecker sah. Es war gleich zehn und sie hatte keinen Plan für den Tag.

Ob es wirklich sinnvoll war, mit Hauke und dem Adler gemeinsame Sache zu machen? Sie zweifelte immer mehr daran. Ihre Kollegen sahen sie mit immer mehr fragenden Blicken an, wenn diese sie überhaupt noch zu Gesicht bekamen. Lief sie am Ende Gefahr, genauso verschroben zu werden wie der Adler?

Trotz dieser ganzen Zweifel musste sie feststellen, dass sie um nichts auf der Welt auf seine Nähe verzichten wollte. Er hatte ihr wahnsinnig gefehlt.

Sie stieg aus dem Bett und schlurfte ins Bad. Unter dem warmen Wasser in der Dusche ging es ihr schon bald besser. Als das Wasser auf ihren Nacken prasselte, lösten sich auch bald ihre Kopfschmerzen auf, die sicher nur einer Verspannung wegen der schlechten Haltung im Boot geschuldet waren.

Nach einem kurzen Frühstück mit einem Kaffee und einer alten Brotecke mit Marmelade machte Mona Lu sich auf den Weg zur Mühle.

***

Stein wachte mit einem wohligen Gefühl auf und reckte sich. Nach kurzer Rekapitulation der letzten Nacht setzte er sich auf und horchte. Da war nichts. Sonst machte sich Dorado immer durch sein Getrippel auf dem Geländer bemerkbar. Oder er krächzte, wenn die Sonne aufging. Doch alles war ruhig. Zu ruhig für seinen Geschmack.

Er drehte sich aus dem Bett und ging auf die Galerie hinaus. Die Sonne stand schon am Himmel und versprach einen schönen Tag. Doch von Dorado war nichts zu sehen. Natürlich kam es hin und wieder vor, dass der Vogel für ein paar Tage andere Wege einschlug. Doch nach der Stimmung der letzten Tage verursachte das Ausbleiben des gefiederten Freundes einen faden Beigeschmack bei Stein.

Nachdenklich lief er zurück in die Mühle und setzte sich einen Kaffee an. Während dieser durchlief, ging er ins Erdgeschoss, um sich unter die Dusche zu stellen. Er ließ das Wasser bei achtzehn Grad laufen. Er liebte dieses frische Gefühl am Morgen. Dann drehte er für ein paar Sekunden auf dreißig grad und schnell wieder zurück. Jetzt war er fit für den Tag.

Bevor Stein wieder nach oben ging, um zu frühstücken, trat er noch vor die Tür, um nach seiner Lieferung und der Post zu sehen. Tatsächlich hatte der Biomarkt schon zugestellt, registrierte stellte er zufrieden. So konnte er gleich frischen Käse essen. Post war keine gekommen, aber in der Tonne »Nachrichten an mich«, lag ein weißer Umschlag, auf dem nichts stand.

Stein langte vorsichtig danach und zog ihn mit spitzen Fingern heraus. Er öffnete ihn und zog einen weißen Zettel heraus, faltete ihn auseinander und las: *Halten Sie eine gerechte Strafe für ein Verbrechen für gerechtfertigt?*

Also hatte er sich nicht getäuscht in der letzten Nacht. Da war jemand bei der Mühle gewesen. Und sicher hatte er sich auch nicht geirrt, als er eine dunkle Person ganz in der Nähe von Hauke und Mona Lu zu sehen glaubte, als die beiden vom Strand zurückgekommen waren. Der Täter war ganz in ihrer Nähe und beobachtete sie. Doch was versprach er sich davon?

Stein hörte ein Geräusch und sah kurz darauf den Wagen von Mona Lu auf die Mühle zusteuern. Er trug die Kiste mit den frischen Lebensmitteln in den ersten Stock und legte den anonymen Brief auf den Tisch. Dann lief er wieder nach unten, um Mona Lu zu begrüßen.

»Was hältst du davon?«, fragte er, als sie den Brief gelesen hatte.

»Ich weiß nicht«, antwortete Mona Lu. »Hört sich so an, als sei er auf Verständnis für seine Verbrechen aus. Er tut so, als gäbe es dafür eine ganz logische Erklärung.«

»Ja, das denke ich auch«, sagte Stein nachdenklich. »Doch wir werden ihm diesen Gefallen nicht tun.«

»Auf gar keinen Fall …«

Stein schob ihr einen Becher Kaffee hin.

»Du wirkst irgendwie zerstreut«, sagte er, als sie wie durch ihn hindurchsah.

»Ach ... ich fühle mich irgendwie nicht wohl bei der ganzen Sache«, sagte Mona Lu. »Im Prinzip warten wir jetzt doch nur darauf, dass der Täter weiter mordet. Das macht mich ganz krank.«

»Das stimmt ja nicht so ganz. Wir haben doch letzte Nacht versucht, ihn zu erwischen.«

»Tja, und das weiß er offensichtlich ganz genau. Ich komme mir im Nachhinein richtig lächerlich vor, wenn ich daran denke, wie ich gestern mit Hauke in dem Boot gelegen habe. Einfach absurd.«

Stein musterte die junge Frau, die heute neben ihrem schwarzen Outfit auch dunkle Augenringe trug. Ihr schien diese Sache ziemlich an die Nieren zu gehen.

»Was ist das eigentlich für eine Geschichte zwischen dir und Hauke?«, fragte er. Denn er war sicher, dass auch die Zusammenarbeit mit dem Journalisten an ihren Nerven zerrte.

»Ach, das ist nichts von Bedeutung«, wehrte sie ab.

»Alles, was dich in deiner Arbeit negativ beeinflusst, ist von Bedeutung«, beharrte Stein. »Und wenn du ihn nicht in deiner Nähe verträgst, dann solltest du das auch deutlich zum Ausdruck bringen.«

»Pah ... er ist Journalist, vergiss das nicht. Die schüttelt man nicht so leicht ab«, lachte Mona Lu auf. »Und am

Ende ist es besser, man hat sie auf seiner Seite, das brauche ich dir ja wohl nicht zu erzählen.«

Mona Lu hatte recht und Stein schwieg zustimmend.

»Es ist ja auch nicht so, dass ich ihn hassen würde«, führ sie fort. »Eigentlich bin ich die meiste Zeit auf mich selber sauer, weil ich den Fall irgendwie nicht zu fassen kriege. Was habe ich denn in der Hand außer zwei Leichen und einer gleichen Tatwaffe?« Sie riss die Arme hoch und warf sich nach hinten. »Das ist doch alles so hoffnungslos. Wo soll ich bloß ansetzen? Und dann auch noch die Sache mit euch beiden ...«

Stein horchte auf. Ging er ihr am Ende auch auf die Nerven? Aber nicht er war es, der bei ihr aufgetaucht war, sondern umgekehrt. Er wünschte sich in diesem Moment sein altes Leben zurück.

Draußen krächzte es. Er ist wieder da, dachte Stein und rannte auf die Galerie.

Mona Lu hörte, wie er draußen mit dem Raben sprach. Hätte sie bloß den Mund gehalten.

Stein kam zurück in die Mühle.

»War der Rabe weg?«, fragte Mona Lu.

Stein nickte. »Ich habe mir große Sorgen gemacht.«

»Das brauchst du nicht, dieser Täter tut Tieren nichts«, sagte sie lakonisch.

»Wie kommst du denn darauf?«

»Das spüre ich. Er hat einen großen Hass auf Männer, aber nicht auf Tiere. Es gibt Täter, die gerne quälen, die suchen sich schwächere Opfer, und das sind eben sehr oft Tiere. Aber dieser Täter sucht sich keine schwächeren Opfer.«

»Ein interessanter Gedanke«, stimmte Stein zu, der sich freute, dass Mona Lu wieder zur alten Form auflief. »Rede weiter, du bist ganz nah dran ...«

»Okay«, sagte sie und setzte sich wieder auf und lehnte ihre Arme auf den Tisch. »Er sucht sich Opfer, die genauso stark sind wie er. Vielleicht sogar noch stärker. Aber das spielt überhaupt keine Rolle, weil er nicht mit ihnen kämpfen will. Er will nur töten. Er denkt, dass sie es verdient haben, deshalb spricht er in dem Brief auch von gerechter Strafe. Und diese Täter sind vielleicht diejenigen, die sich schwächere Opfer gesucht haben, deshalb müssen sie sterben.« Sie hatte so schnell gesprochen und holte zum ersten Mal wieder richtig Luft.

»Grandios«, rief Stein aus. »Du hast doch eine ganze Menge gelernt bei mir.« Er zwinkerte ihr zu. »Ich bin mir sicher, dass du völlig richtig liegst. Die Opfer sind auch Täter, und darum müssen sie sterben.«

»Gut. Aber wäre es denn nicht logisch, dass die Opfer etwas gemeinsam haben? Wie soll sonst unser Täter sie überhaupt aufspüren?«

»Eine gute Frage. Wir müssen die Gemeinsamkeit der Opfer finden, das stimmt.«

»Tja, da wären wir dann wieder bei unserem Anfangsproblem. Es gibt da doch nichts.«

»Oh, das stimmt nicht Mona Lu.«

Sie sah ihn mit großen Augen an. Fast war ihr Blick bewundernd, stellte Stein irritiert fest. Er wollte nicht bewundert werden.

»Die Opfer haben eine ganze Menge gemeinsam«, fuhr er nach kurzer Pause fort. »Es sind Männer.«

Mona Lu sackte in sich zusammen. »Das trifft aber auf die Hälfte der Menschheit zu.« Sie atmete hörbar aus.

»Wohl wahr. Aber wir müssen noch weiter filtern. Es sind Männer in gesetzterem Alter. Es sind Männer, die alleine reisen. Es sind bestimmt auch Männer mit den gleichen Interessen.«

»Neigungen!«, rief Mona Lu aus. »Sie haben die gleichen perversen Neigungen!«

Fast hätte Stein applaudiert. Mona Lu war seine beste Schülerin.

»Phantastisch«, sagte er. »Du hast den Fall schon fast gelöst.«

»Du veräppelst mich«, sagte sie und ihre Wangen glühten rot. »Aber am besten gehe ich jetzt noch einmal die Kartei mit vorbestraften Kinderschändern durch.«

»Da wirst du sie nicht finden«, sagte Stein. »Sie sind bestimmt nicht registriert, dann wärst du schon eher auf dieses Detail gestoßen.«

Mona Lu sackte sichtlich in sich zusammen.

»He, nicht gleich die Flinte ins Korn werfen«, munterte Stein sie auf. »Denk noch einmal um die Ecke, dann hast du das, wonach du suchen musst.«

Mit in Falten gelegter Stirn sah sie ihn an. Dann hellte sich ihr Gesicht plötzlich auf.

»Ich weiß, was du meinst«, sagte sie aufgeregt. »Ich muss mich wieder auf unseren Täter konzentrieren.«

Er nickte.

»Und das mache ich, indem ich in seiner Vergangenheit wühle«, fuhr sie fort. »Denn unser Täter ist auch Opfer gewesen und macht andere Täter jetzt zu Opfern, habe ich recht.«

»Ganz genauso ist es«, nickte er anerkennend. Mona Lu war auf dem richtigen Weg.

»Es ist ihm etwas zugestoßen, deshalb rächt er sich«, sagte sie voller Elan. »Er könnte gequält oder missbraucht worden sein in der Kindheit.«

»Genau. Und das ist jetzt dein neuer Anhaltspunkt. Suche nach möglichen Tätern, indem du nach gequälten Kindern suchst, die heute im Erwachsenenalter sind.«

»Das wird eine Mammutaufgabe, es gibt so viele Schweine, die sich an Kindern vergreifen.«

»Ich weiß«, seufzte Stein. »Aber nur so werden wir das Rätsel lösen.«

»Und in der heutigen Zeit wird das Phänomen noch einmal durch die digitale Welt verstärkt. Es gibt so viele Filme, wo Kinder missbraucht werden. All diese Kinderseelen sind für immer tot. Und niemand kriegt die Schweine, die das machen. Und mittlerweile werden solche Filme sogar bei uns im Bundestag heruntergeladen. Es ist eine Schande, wie halbherzig etwas gegen Kinderprostitution unternommen wird.«

Stein nickte zustimmend. Er sah, wie sehr Mona Lu mit den vielen verletzten Kinderseelen litt. Und eine dieser verletzten Seelen hatte es sich jetzt offenbar zur Aufgabe gemacht, diese Kinderschänder zur Strecke zu bringen.

»Ich mach mich mal auf den Weg«, sagte Mona Lu, »und gehe alles im Archiv durch, was ich zu dem Thema Kindesentführung und Missbrauch finden kann.«

»Gut. Und ich werde hier auch recherchieren. Irgendwas werden wir finden, da bin ich ganz zuversichtlich.«

»Sollen wir auch Hauke informieren?«

Stein überlegte und sagte dann: »Im Moment sehe ich da noch keine Notwendigkeit. Alles, was er recherchieren kann, darauf können wir auch selber stoßen. Lass ihn ruhig seinen Job machen, wir machen unseren.«

»Du hast recht«, sagte Mona Lu. Es tat so gut, wieder mit dem Adler zu arbeiten. »Könntest du dich vielleicht überwinden, und das Handy, welches ich dir gegeben habe, einzuschalten?«

Er legte den Kopf schief. »Ehrlich gesagt nein«, antwortete er. »Du weißt, wie mich diese Dinger irritieren.«

»Aber ich muss dich erreichen können, wenn ich etwas finde«, beharrte sie. »Es ist ja auch nur für diesen Fall.«

Stein blieb skeptisch. »Schreib mir doch eine Message«, schlug er vor. »Meinen Rechner erreichst du über diese IP-Adresse.« Er schrieb etwas auf einen Zettel.

»Na gut«, murmelte sie, und verließ die Mühle.

Mona Lu

Voller Enthusiasmus hatte Mona Lu ihren Rechner hochgefahren und Suchbegriffe wie »Kinderschänder«, »Missbrauch« und »vermisste Kinder« in den Polizeicomputer eingegeben und hätte kurz darauf am liebsten losgeheult. Sie wusste ja, dass die Zahl groß war und es eine noch größere Dunkelziffer gab. Von den vielen Kindern, die im eigenen Haushalt Schaden nahmen, ganz zu schweigen. Aber so viele? Diese große Zahl, die da jetzt auf ihrem Bildschirm leuchtete, die musste sie erst einmal verdauen.

Hatte sie einfach nur Glück gehabt mir ihren Eltern? Doch ihre Eltern kannte sie gar nicht. Von Glück konnte sie also selbst bei sich nicht sprechen. Sie war schon als Baby nach Deutschland verfrachtet worden. Ihren Wurzeln in Asien entrissen. Über den Verbleib ihrer leiblichen Eltern wusste sie nichts.

Immer, wenn sie in stillen Stunden über sich nachdachte, dann redete sie sich ein, dass es arme Leute gewesen sein mussten. Wer sonst lieferte Babys in Kinderheimen ab? Oder war ihre Mutter vielleicht selber noch ein Kind gewesen und missbraucht worden? War sie, Mona Lu, am Ende sogar selber ein Ergebnis von sexueller Gewalt an einem jungen Mädchen? Doch, am liebsten hätte sie jetzt tatsächlich losgeheult. Aber sie riss sich zusammen und schluckte die Tränen herunter.

Sie war jetzt erwachsen und hatte eine Aufgabe. Am Ende unterschied sie sich vielleicht gar nicht so sehr vom Täter. Und das machte ihr Angst. Was war, wenn sie ihn fand und am Ende sogar Verständnis für ihn aufbrachte? Vielleicht war er ja missbraucht worden und rächte sich jetzt. Doch konnte man bei einer zerstörten Kinderseele wirklich von Rache sprechen? War es nicht eher einfach Notwehr? Wenn auch etwas spät. Doch wenn er wirklich vorhatte, andere Kinder zu retten vor diesen Unmenschen, was war denn eigentlich falsch daran?

Hastig stand sie auf und holte sich einen Kaffee, der schon viel zu lange in der Kaffeemaschine vor sich hinblubberte. Sie musste einen klaren Kopf bekommen, wenn sie weiter ernsthaft in ihrem Job bleiben wollte.

Sie setzte sich wieder an ihren PC und klickte nach und nach jeden Fall an. Dabei gelang es ihr sogar, ihren Schmerz bei den vielen Kindergesichtern zu unterdrücken. Ihr Hirn arbeitete jetzt auf Autopilot und ihre Augen sahen nur die Plattform, nicht aber die Tiefe dahinter. Man nannte es wohl Eigenschutz.

Nach einer Stunde wurden ihre Augen müde und Kinderaugen ähnelten einander immer mehr. Sie sah ein, dass es sinnlos war, einfach ohne konkreten Plan alle Fälle durchzuklicken.

Um das Ganze einzuschränken, gab sie einfach Wangerland in die Suchmaske zu den bisherigen Stichworten ein und war erschrocken, dass so viele Namen aufploppten. Man musste gar nicht so weit gehen, um nach dem Elend zu suchen.

Der Adler

Stein wunderte sich, dass er solange nichts von Mona Lu gehört hatte. Wenn sie auf einen Hinweis gestoßen wäre, hätte sie sich bestimmt gemeldet. Sicher saß sie genauso wie er erschüttert vor den vielen Fällen von Kindesmissbrauch und entführter Kinder, deren Verbleib man in der Kinderprostitution und dreckigen Filmen vermutete. Selbst Eltern verkauften ihre eigenen Kinder. Wen wunderte da noch die Verrohung der Gesellschaft, wenn jegliche Empathie verlorenging.

Als er sich dem Wunsch seines Chefs gebeugt und den aktiven Dienst quittiert hatte, behielt er seinen Zugang zur Datenbank des BKA. Es war bisher niemandem aufgefallen. Doch erst jetzt mit Mona Lu machte er zum ersten Mal Gebrauch davon.

Schon nach einer halben Stunde hatte er gar keine Lust mehr, über den ganzen Abschaum zu lesen, der sich immer noch Mensch nannte. Angewidert schaltete er den Rechner aus und machte sich einen starken schwarzen Tee. Er würde hier einfach warten, bis Mona Lu mit ersten Ergebnissen wieder auftauchte.

Er ging in den ersten Stock und holte sich drei alte Ausgaben der *FAZ* aus 2014. Dabei fiel sein Blick auf die leere Kladde, in die er noch gar nichts hineingeschrieben hatte. Doch er wollte sich nicht mit den neuesten Erkenntnissen beschweren.

Mit den Zeitungen und dem Tee ging er nach draußen auf die Galerie und setzte sich in die Sonne. Dorado saß auf dem Geländer. Die Welt war wieder in Ordnung.

Eine Stunde später legte Stein die erste durchgelesene Zeitung beiseite. Da er gerade beim Lesen ganz besonders gut denken konnte, war ihm eine Idee gekommen und er schaltete den PC wieder an.

Als der Rechner hochgefahren war, blinkte eine Message von Mona Lu auf dem Bildschirm: *Bin unterwegs zu dir* hatte sie vor fünfzehn Minuten geschrieben. Es konnte also nicht mehr lange dauern, bis sie hier ankam.

Und dann hörte er auch schon, wie draußen ein Wagen abgestellt wurde. Erwartungsvoll lief er nach unten.

Doch als er die Tür öffnete, stand nicht Mona Lu dort draußen, sondern ein ihm völlig fremder Mann.

Hauke

Er freute sich, dass er Mona Lu gerade noch vor der Dienststelle abgefangen hatte.

»Hey«, rief er, als sie gerade in ihren Wagen steigen wollte.

»Hauke? Was machst du denn hier?« Es passte Mona Lu gar nicht, dass er gerade jetzt hier auftauchte. Eigentlich wollte sie doch zu Adler nach ihrer grandiosen Entdeckung.

»Ich wollte mal hören, was es Neues gibt«, sagte Hauke und sie merkte seiner Stimme an, dass er spürte, wie lästig er ihr in diesem Moment war.

»Musst du denn gar nicht schreiben?«

»Ach, die Story für morgen ist schon im Kasten. Heute Vormittag gab es einen kleinen Aufstand am Strand, damit konnte ich fast eine ganze Seite im Lokalteil füllen.«

»Aufstand?«, fragte sie mit gespieltem Interesse.

»Ja, einige Eltern hatten sich bei der Kurverwaltung beschwert, weil sie nicht wie gewohnt für ihre Kleinen Süßigkeiten kaufen konnten.«

»Ah so ... ich wollte gerade zur Mühle«, sagte sie jetzt schon etwas weniger ruppig. »Du kannst ja mitfahren, wenn du willst.« Sie wurde ihn jetzt sowieso nicht mehr los.

Sein Gesicht hellte sich auf. »Klar. Soll ich in deinem Wagen mitfahren?«

»Nein lieber nicht, wer weiß, ob ich nicht noch einen Einsatz fahren muss und dann sitzt du beim Adler fest.«

»Gut, dann fahr ich hinter dir her«, schlug Hauke vor.

Mona Lu wunderte sich, als ihr von der Mühle her ein Wagen mit ortsfremdem Kennzeichen entgegenkam. Darin saß ein Mann, den sie nicht kannte. Seit wann bekam der Adler denn Besuch?

Im Vorbeifahren prägte sie sich sein Gesicht ein für alle Fälle.

Die Tür zur Mühle stand offen, als Mona Lu den Wagen abstellte. Das wurde ja immer mysteriöser. Mit gemischten Gefühlen stieg sie aus und wartete auf Hauke, bis auch er ausgestiegen war.

»Wer war das denn eben?«, fragte Hauke und Mona Lu wusste, was er meinte.

»Keine Ahnung. Offensichtlich kam er von der Mühle hier. Und auch die Tür steht auf. Da stimmt was nicht. Ich ...«

Bevor sie weitersprechen konnte, trat Stein aus der Tür. Mona Lu fiel im wahrsten Sinne des Wortes ein Stein vom Herzen.

»Wer war das?«, fragte sie ohne Begrüßung.

»Wer?«, fragte Stein. »Ach, du meinst den Wagen, der eben weggefahren ist ...«

»Genau«, bestätigte sie. »Er war nicht von hier. Seit wann bekommst du denn Besuch?«

»Das war kein Besuch«, erklärte er und winkte die beiden herein. »Der Mann hatte sich verfahren. Er wollte telefonieren, aber da war er bei mir an der falschen Adresse.«

»Und wen wollte er anrufen?«, ließ Mona Lu dieser Umstand keine Ruhe.

»Was weiß ich, danach habe ich nicht gefragt. Er schien mir etwas verwirrt und faselte auch irgendwas davon, dass er sich verfolgt fühlte.«

»Verfolgt?« Mona Lu wurde hellhörig. »Und da lässt du ihn wieder laufen?«

»He, was interessiert mich das denn«, wehrte Stein ab. »Ich war gerade so schön am Zeitunglesen ...«

Unfassbar. Mona Lu kratzte sich am Kopf. Zum Glück hatte sie sich das Kennzeichen in Gedanken notiert.

»Darf ich mal an deinen PC?«, fragte sie und wartete gar nicht erst auf eine Antwort und marschierte in den ersten Stock.

Hauke setzte sich auf einen bequemen Stuhl auf der Galerie und Stein machte Kaffee.

»Rudolf Mannheimer!«, rief Mona Lu nach einer Weile. »Der Mann, der eben bei dir war, heißt Rudolf Mannheimer.«

Stein, der sich draußen mit Hauke unterhielt, kam wieder in die Mühle.

»Okay«, sagte er und stand jetzt neben Mona Lu. »Und jetzt? Willst du ihn verhaften, weil er nach dem Weg gefragt hat?«

»Vielleicht«, sagte sie und hackte weiter auf der Tastatur herum.

Stein ließ sie gewähren und ging wieder nach draußen.

»Er ist auf Geschäftsreise hier«, sagte sie, als sie zu den Männern nach draußen trat.

»Du meinst den Mannheimer?«, fragte Stein.

Mona Lu nickte. »Und er ist in einem Hotel nicht weit vom Strand untergebracht. Da würde es mich schon wundern, wenn der sich hier verfährt.«

»Na gut, du hast gewonnen. Dann fährst du jetzt also zum Hotel und quetscht ihn aus wie eine Zitrone«, sagte Stein.

»Du kommst nicht mit?«

Stein schüttelte mit dem Kopf. »Schon vergessen, dass ich die Mühle nur nachts verlasse.«

»Na gut, dann fahr ich da jetzt hin. Es lässt mir einfach keine Ruhe. Hauke, bleibst du so lange hier?«

»Na ja ...«, machte Hauke und sah unsicher von einem zum andern. »Das kann ich ja irgendwie nicht entscheiden.« So dicke war er nun auch wieder nicht mit dem Adler, als dass er sich hier selber einen Platz reserviert hätte.

»Geht schon in Ordnung«, sagte Stein und nickte Hauke zu.

Mona Lu lief zu ihrem Wagen.

Als sie nach zwei Stunden immer noch nicht zurück war, bekam Hauke doch ein schlechtes Gewissen.

»Vielleicht sollte ich ihr einfach mal nachfahren«, meinte er zu Stein, der in der Mühle auf seinem Sofa lag und eine weitere alte Ausgabe der *FAZ* studierte.

»Das ist bestimmt eine gute Idee«, meinte Stein erleichtert, der sich auch schon Sorgen machte, Hauke aber nicht wie einen Babysitter hinter Mona Lu hatte herschicken wollen.

Hauke ließ sich das nicht zweimal sagen und ging los.

Stein stand auf der Galerie und sah Haukes Wagen nach. Wie lange konnte er noch die Fassade des Eigenbrötlers aufrechterhalten? Irgendwann würde er seine Phobie vor Menschen überwinden müssen.

Gerade in diesem Augenblick wünschte er sich das mehr als alles andere, denn er ahnte, dass Mona Lu in Gefahr war.

Mona Lu

Als Mona Lu bei dem Hotel ankam, bestätigte man ihr kurz darauf, dass ein Rudolf Mannheimer hier Gast war. Er sei aber im Moment nicht auf seinem Zimmer. Der Schlüssel war nicht da.

War ja klar, dachte sie frustriert. Er gurkte ja auch in der Gegend herum, um sich zu verfahren. Was sollte sie jetzt machen? Ziellos durch die Dörfer fahren würde wohl nichts bringen. Also machte sie das, was sie am schlechtesten konnte. Sie übte sich in Geduld und setzte sich auf die Terrasse des Hotels, um auf Rudolf Mannheimer zu warten. Es nagte in ihr und sagte, dass sie unbedingt mit ihm sprechen musste.

Der Kinderlärm, der vom Strand herübergetragen wurde, nervte sie. Ob das immer noch mit dem Aufstand, von dem Hauke gesprochen hatte, zu tun hatte? Doch das konnte sie sich nicht vorstellen. Kinder waren einfach laut, aus welchen Gründen auch immer.

Nach einer gefühlten Ewigkeit trat ein Mann an ihren Tisch und beugte sich zu ihr herunter.

»Sie suchen nach mir?«

Erschrocken sah Mona Lu auf. Dann erkannte sie das Gesicht aus dem vorbeifahrenden Wagen von vorhin.

»Ja, das stimmt«, sagte sie und zeigte ihm ihre Dienstmarke. »Ich hätte ein paar Fragen an Sie, wenn Sie nichts dagegen haben.«

Der Mann zuckte mit den Schultern. Mona Lu bedeutete ihm, sich zu setzen.

»Möchten Sie etwas trinken?«, fragte eine Bedienung, die an den Tisch getreten war.

Beide winkten ab.

»Sie waren vorhin bei der Mühle in Horumersiel«, begann Mona Lu und ließ ihr Gegenüber dabei nicht aus den Augen.

Rudolf Mannheimer nickte. »Das stimmt, ich habe nach dem Weg gefragt.«

»Sie haben sich also verfahren?«, bohrte Mona Lu nach.

»Ja«, antwortete er knapp.

»Das finde ich ehrlich gesagt ein wenig unglaubwürdig«, sagte sie. »Schließlich sind Sie schon fast eine Woche hier in Wangerland. So viele Möglichkeiten, sich zu verfahren hat man ja auch nicht. Und ihr Wagen ist ein neueres Modell, bei dem bestimmt serienmäßig ein Navigationsgerät eingebaut ist.«

Der Mann lief rot an.

»Ich habe also recht?« Mona Lu starrte ihn direkt an.

Er nickte. »Ja, Sie haben recht. Ich habe mich nicht verfahren.«

»Und warum waren Sie dann bei der Mühle?« Mona Lu setzte sich demonstrativ auf.

»Das glauben Sie mir sowieso nicht ...«

»Lassen wir es doch einfach auf einen Versuch ankommen.«

Hoffentlich redete dieser Mann bald, sonst platzte ihr bestimmt gleich der Geduldsfaden.

»Ich werde verfolgt«, sagte er leise, so dass es niemand außer ihr hätte hören können.

Sie kräuselte die Stirn. »Verfolgt? Von wem?«

»Das weiß ich nicht«, flüsterte er. »Aber das geht schon ein paar Tage so. Das erste Mal ist mir der Mann im Frühstücksraum aufgefallen. Er hat mich nicht aus den Augen gelassen. Das war richtig unheimlich.«

»Und Sie kennen den Mann nicht?«

»Nein, ich habe ihn noch nie vorher gesehen.«

»Und heute hat er Sie also auch wieder verfolgt?«

Der Mann nickte. »Deshalb bin ich einfach zum nächsten Haus gefahren und das war die Mühle.«

»Verstehe.« In Mona Lu kreisten die Gedanken. Was, wenn es ihr Täter war, der Rudolf Mannheimer verfolgt hatte? Dann musste dieser Mann ihr gegenüber auch selber Dreck am Stecken haben, wenn sie die Unterhaltung mit Adler mit einbezog. Am liebsten hätte sie Mannheimer festgenommen, bis sie ihn überprüft hatte. Aber welchen Grund sollte sie dafür vorbringen?

»Können Sie den Mann beschreiben?«, fragte sie, als Mannheimer sie gelangweilt ansah.

»Oh, das ist sicher nicht schwer. Er war vielleicht eins achtzig, schlank, na ja vielleicht schon etwas untersetzt, und hatte dunkles kurzes Haar.«

»Und was hatte er an?«

»Eine Jeans, einen dunkelblau gestreiften Pullover und außerdem hatte er eine helle Kurzjacke dabei.«

Mona Lu fasste vor ihrem inneren Auge zusammen und winkte spontan die Bedienung heran. »Bringen Sie uns bitte zwei Kaffee«, sagte sie und stoppte die junge Frau, als diese sich schon wieder abwenden wollte. »Bleiben Sie bitte noch kurz, ich hätte eine Frage ...« Dann wiederholte Mona Lu die Beschreibung von Mannheimer. »Kennen Sie vielleicht einen Gast hier im Hotel, auf den die Beschreibung passen könnte?«

Die blauen Augen der jungen Bedienung wurden größer und sie sah fragend von einem zum andern. »Nein, ich glaube nicht ...«

So ein Mist, dachte Mona Lu enttäuscht. »Danke jedenfalls.«

Die Bedienung ging weiter und kam nach wenigen Schritten zu ihrem Tisch zurück. »Er ist kein Gast«, sagte sie, »aber die Beschreibung passt auf den Christian.«

»Christian?«

»Ja, Christian Franzen. Er kommt ab und zu ins Hotel und frühstückt hier.«

In Mona Lu braute sich einiges zusammen.

»Er frühstückt hier, obwohl er nicht hier wohnt?«

Die junge Frau nickte. »Ja, das macht er schon seit einer Weile. Er wohnt alleine und betreibt den kleinen Kiosk am Strand.«

Kiosk geschlossen! Aufstand! Kinder! Mona Lus Kopf drohte zu zerplatzen.

»Haben Sie die Adresse von Herrn Franzen für mich?« Mona Lu war bereits aufgesprungen.

Die junge Bedienung nickte und notierte etwas auf ihrem Block und gab Mona Lu den Zettel.

»Sie bleiben hier im Hotel«, herrschte Mona Lu den verdatterten Mannheimer an. »Ich komme wieder.«

Dann rannte sie zu ihrem Wagen.

Christian

»LaLeLu ... nur der Mann im Mond schaut zu, wenn die kleinen Babys schlafen ...« Der kleine gelbe Mond spielte diese Melodie an diesem Tag bestimmt schon zum hundertsten Mal.

Immer wieder zog Christian an der Schnur und summte leise mit.

Er sah seine Mutter. Sah ihre gütigen Augen, die jeden seiner Schritte behüteten. Doch vielleicht war es auch nur fast jeder gewesen. Denn eines Tages, da war etwas passiert. Und sie hatte ihm nicht helfen können.

Erst später hatte er erfahren, dass sie an diesem Tag nicht mehr hatte aufhören können zu weinen. Wochen- und gar monatelang sollte sie weinen, bis die Tränen verbraucht waren. Dann, so hatte man ihm erzählt, habe sie nur noch apathisch in ihrer Küche gesessen, während sein Vater sich darum kümmerte, dass alles weiterlief wie bisher. Nur geschlagen hatte er sie ab diesem Tag nicht mehr.

Christian konnte noch nicht zählen, als das Schreckliche passierte.

An diesem besagten Morgen war sein Vater wie jeden Tag sehr früh aus dem Haus gegangen. Und wie jeden

Morgen atmete seine schöne Mutter auf. Oft machte sie dann für Christian noch einen Pfannkuchen mit Erdbeermarmelade. Es gab Gerüche, die vergaß man sein ganzes Leben lang nicht. Die Guten wie auch die Schlechten.

Als seine Mutter ihre Hausarbeit erledigt hatte, nahm sie Christian bei der Hand, um mit ihm in den benachbarten Park zu laufen. Dort spielte Christian so gerne in der Sonne, während sie ihm mit dem Lächeln einer für diesen einen Moment glücklichen Frau dabei zusah.

Christian fuhr gerade mit seinen kleinen Fingern in den gelben Sand, als eine grobe Hand ihn packte. Noch bevor der kleine Junge wusste, wie ihm geschah, lag auch schon eine Hand auf seinem kleinen Mund und er wurde in die Höhe gezogen und davongetragen. Nur für den Bruchteil einer Sekunde sah Christian noch, wie eine fremde Frau sich mit seiner Mutter unterhielt. Diese Frau stand vor ihr und so sah sie nicht, wie man ihr über alles geliebte Kind einfach ins Gebüsch schleppte und mit ihm verschwand.

Er soll aufhören. Er soll aufhören. Er soll aufhören ...

Immer wieder dachte Christian, er soll aufhören. Sagen konnte er es nicht. Er war bereits bewusstlos, als man ihn in den Wagen warf. Die Frau, die noch vor wenigen Minuten mit Christians Mutter geplaudert hatte, stieg in den Wagen auf den Beifahrersitz und sie rasten los.

Als Christian wieder erwachte, war er nicht mehr allein. In einem kalten lieblos eingerichteten Zimmer saßen noch drei oder vier andere kleine Kinder. Christian konnte nicht mehr sprechen. Selbst wenn er es versuchte, kam aus seinem Mund kein Laut mehr. Ein kleines Mädchen robbte zu ihm heran. Es hatte einen dicken Rotz unter seiner Nase. Die kleinen dunklen Augen sahen Christian neugierig an. Christian fror und das Mädchen legte eine Hand auf seine. Er stieß sie weg. Da war dieser Rotz, und dann das schmutzige kleine rosa Jäckchen. Auch wenn er noch nicht zur Schule ging, so wusste Christian doch, dass das, was hier passierte, nicht richtig war. Warum war er hier bei so vielen fremden Kindern? Seine Mutter hätte das nie zugelassen, dass er mit so schmutzigen Kindern spielte.

Dann hörte er einen entsetzlichen Schrei. Dann ein Weinen, das ihn an einen Tag im Kindergarten erinnerte, an dem sich ein kleines Mädchen in den Finger geschnitten hatte. Sie hatte genauso geweint, weil es so weh getan hatte, sagte ihm damals seine Mutter zum Trost. Doch dies hier war nicht der Kindergarten.

Als das Weinen des Kindes erstarb, hörte Christian etwas anderes. Eine Melodie, ganz leise. Es hörte sich wie eine Spieluhr an.

Fast wäre Christian dabei eingeschlafen, als jäh die Tür aufgerissen wurde. Ein kleines Mädchen wurde lieblos auf ein Bett geworfen. Sie selber bewegte sich nicht. Es war ein großer dunkler Mann, der Christian einen bösen Blick zuwarf, bevor er die Tür wieder hinter sich schloss. Christian konnte nicht aufhören, auf das Bett zu starren, auf dem das Mädchen lag, das sich nicht mehr bewegte. Vorsichtig schlich er zu ihr hin. Tat er hier etwas Verbotenes, so dass der böse Mann gleich wieder hereinkam und ihn bestrafte? Doch seine Neugier war einfach zu groß. Als er neben dem Bett stand, sah er, dass das Mädchen nur ein Hemdchen trug, unter dem es nackt war. Überall war Blut. War das Mädchen tot?

Das andere Mädchen war hinter Christian hergerobbt und zog jetzt an seinem Hosenbein. »Mama«, sagte es und nahm den Rotz jetzt mit seiner Zunge auf.

Eines Tages holte man auch Christian das erste Mal. Hart wurde er am Arm gepackt und aus dem Zimmer getragen in einen anderen Raum, in dem es viel schöner aussah als in dem, wo er mit den anderen Kindern schlief.

Auf dem Bett mit dem schneeweißen Bezug saß ein nackter Mann. Christian fing an zu weinen. »Sei still«, herrschte ihn der böse Mann an und ließ ihn unsanft aus seinen Klauen. »Zieh dich aus und wasch dich da.« Er zeigte auf ein Waschbecken in der Ecke des Zimmers.

Christian stand da und konnte sich nicht bewegen.

»Hab keine Angst mein Kleiner, es wird schon nicht weh tun«, sagte der nackte Mann und streichelte sich selber über sein Bein.

Der böse Mann, der Christian hereingebracht hatte, lachte höhnisch auf und führte den Jungen unsanft zum Waschbecken, wo er ihm die Kleider vom Leib riss und ihn grob mit einem kalten Waschlappen bearbeitete. Überall. Dann schubste er Christian Richtung Bett und verließ den Raum.

Bevor Christian schwarz vor Augen wurde, hörte er ein Kinderlied.

***

Mona Lu hämmerte wie eine Wilde an der Tür. Doch es machte niemand auf. Dann rannte sie um das kleine Häuschen herum und suchte nach einem Hintereingang. Auch die Tür war abgeschlossen, doch sie gab noch drei Tritten nach und sprang aus ihren Angeln.

Mit ihrer Waffe in der Hand schlich Mona Lu vorsichtig ins Haus.

***

Stein ging auf der Galerie auf und ab. Zum Lesen fehlte ihm die nötige Ruhe. Er hatte nichts von Hauke gehört, seitdem dieser aus Sorge um Mona Lu zum Hotel gefahren war.

Im Hotel war Hauke durch einen glücklichen Zufall gleich im Eingang auf die Bedienung getroffen, die Mona Lu die Adresse von einem Christian Franzen gegeben hatte. Und als Hauke den Namen hörte, nahm er die Beine in die Hand. Das alles konnte unmöglich ein Zufall sein.

Schon von weitem sah Hauke Mona Lus Wagen in der Auffahrt stehen. Er sprang in wenigen Schritten zur Haustür und klopfte, wo die Tür kurz darauf aufgemacht wurde.

»Mona, Gott sei Dank«, sagte er. »Alles Okay?«

»Mit mir schon«, sagte sie. »Aber ...« Sie zeigte in die Richtung eines Zimmers und ging voraus.

Hauke erfasste mit wenigen Blicken, was Mona Lu gemeint hatte.

Auf einem abgewetzten alten Sessel saß ein Mann und starrte apathisch vor sich hin.

»Hat er da etwa eine Spieluhr in der Hand?«, fragte Hauke ungläubig.

Mona Lu nickte.

»Etwa für das nächste Opfer?«

»Für eines davon«, sagte sie und führte Hauke zu einem Schrank, wo eine Schublade offenstand.

»Oh mein Gott, so viele?«

In der Schublade grinsten sich Monde, Sonnen und Clowns an, die alle ein Band hatten, an dem Kinder gerne zogen.

»Ich konnte noch keinen Ton aus ihm herauskriegen«, sagte Mona Lu. »Aber ich habe die Kollegen schon informiert. Man wird ihn gleich abführen, dann sehen wir weiter.«

»Das ist ja krank«, sagte Hauke. »Und wir hatten den Typen die ganze Zeit vor unserer Nase. Dann wird der Kiosk wohl noch eine Weile dicht bleiben.«

»Das dürfte das kleinste Problem sein«, seufzte Mona Lu.

Die Kollegen und die Spurensicherung trafen ein und man zog Christian Franzen mit steifen Gliedern aus seinem

Sessel. Seine Hand hatte sich so fest um die Spieluhr geklammert, dass Mona Lu abwinkte.

»Soll er sie doch mitnehmen«, sagte sie matt. »Vielleicht hilft sie ihm ja beim Einschlafen.«

Hauke hatte viele Fotos geschossen und Mona Lu sah ihn mahnend an.

»Die findest du morgen nicht in der Zeitung, versprochen«, sagte er, auch wenn es ihm schwerfiel.

»Das will ich hoffen.« Sie hob mahnend einen Zeigefinger. »Sonst ist es mit unserer Kooperation wirklich ein für alle Mal vorbei.«

»Im Gegenzug hab ich dann aber die Exclusivrechte, okay?«

»Du weißt, dass es so etwas bei der Polizei nicht gibt«, antwortete Mona Lu barsch. »Wir müssen alle Medien informieren.«

»Ich weiß. Aber du kannst das Ganze ja noch etwas herauszögern, so dass ich als Erster damit rauskommen kann.«

Mona Lu biss die Zähne zusammen. Da war sie gerade dabei, den schlimmsten Fall zu lösen, seit sie hier in Wangerland war, und musste dann das Geplappere eines Boulevardjournalisten ertragen. »Von mir aus«, sagte sie schließlich, als Hauke nicht aufhörte, um sie herumzuschleichen. »Aber spätestens morgen früh geht es raus.«

»Das ist ein Deal«, sagte Hauke zufrieden.

»Gut. Dann kannst du jetzt ja gehen und Adler informieren. Du kannst hier jetzt nicht länger in der Wohnung bleiben, das siehst du hoffentlich ein. Außerdem muss ich gleich noch das Verhör mit Franzen führen, was vermutlich die ganze Nacht dauern wird.«

»Alles klar«, nickte Hauke zufrieden. »Kommst du nachher auch noch beim Adler vorbei?«

»Auf jeden Fall, aber es kann spät werden.«

»Wir werden auf dich warten.« Hauke verschwand nach draußen.

Jetzt war Mona Lu alleine in dem Raum, in dem sie Christian entdeckt hatte. Es roch muffig und nach einer Seifenmarke, deren Geruch ihr aus Kindertagen im Gedächtnis war. Sie folgte ihrer Nase und hob einen Deckel einer kleinen Schachtel an, die auf einem Sideboard stand. Darin lagen viele kleine Seifenstücke, die alle den gleichen Geruch verströmten. Was hatte das zu bedeuten? Ein Mörder mit der Vorliebe für bestimmte Gerüche und Spieluhren. Sie ahnte, dass es ganz schwerer Tobak sein würde, wenn er endlich redete.

Als sie genug gesehen hatte, machte sie sich auf den Weg zur Dienststelle. Die vielen alten Familienfotos stimmten sie auf nicht erklärliche Weise traurig.

ERlöst

Man hatte Christian in einen karg eingerichteten Verhörraum gebracht. Mona Lu hatte sich entschieden, das Ganze alleine zu Ende zu bringen.

Sie war sich sicher, dass dieser in sich zusammengesunkene Mann gar nicht mehr mitbekam, was eigentlich um ihn herum geschah. Er hielt noch immer die Spieluhr in der Hand und sah mit glasigem Blick stumm geradeaus auf die kahle Wand, bis Mona Lu sich in sein Blickfeld stellte.

»Herr Franzen, Sie sind dringend tatverdächtig, zwei Männer hier in Wangerland am Strand von Schillig ermordet zu haben«, begann sie und setzte sich ihm gegenüber.

Christian sah durch sie hindurch, als sei sie gar nicht da.

»Herr Franzen, irgendwann werden Sie reden müssen, also wäre es besser, wenn Sie sich Ihren Taten hier und jetzt stellen.« Sie verkreuzte ihre Arme vor der Brust.

Christians Blick wanderte zu ihr herüber, indem er nur mit den Augen rollte.

Mona Lu sah, dass der Mann vor ihr fix und fertig war. Doch sie durfte jetzt kein Mitleid entwickeln, denn er war trotz allem ein Mörder.

»Ist das Ihre Spieluhr?« Sie zeigte auf seine Hand.

Christian sah sie plötzlich mit großen Augen an und nickte.

»Sammeln Sie Spieluhren? Denn ich habe eine ganze Schublade voll davon in ihrer Wohnung gefunden. Es sind bestimmt an die hundert Stück. Und das sind alles Ihre?« Sie lehnte sich vor und stützte ihre Ellenbogen auf den Tisch.

Als Christian nicht antwortete, fuhr sie fort. Sie war ja froh, dass er einen offensichtlich klaren Moment hatte und sie wenigstens ansah.

»Wir haben bei den Opfern am Strand ebensolche Spieluhren gefunden. Aus welchem Grund haben Sie diese bei Ihren Opfern abgelegt?« Sie fixierte ihn mit ihrem Blick.

Sie wollte schon wieder die Flinte ins Korn werfen, als sich Christians Lippen plötzlich bewegten.

»Das Lied«, sagte er kaum hörbar und zeigte auf den Mond in seiner Hand. Dann zog er an der Schnur und Mona Lu hörte die Melodie, die auch sie aus Kindertagen kannte, als sie nicht einschlafen konnte.

»LaLeLu ... nur der Mann im Mond schaut zu«, sagte sie, »das kenne ich auch. Es ist ein schönes Lied zum Einschlafen.«

Christian nickte. »Und zum Vergessen«, fügte er leise hinzu.

Jetzt hatte sie ihn und musste unbedingt am Ball bleiben.

»Vergessen? Was mussten Sie vergessen? Sollten Ihre Opfer etwas vergessen? Was genau muss ich mir unter Vergessen vorstellen?«

Christian blieb trotz dieser Fragen ganz ruhig und hielt sich den Mond ganz dicht an sein Ohr. Er lächelte das erste Mal. »Das ist schön«, sagte er. »Man kann dabei alles vergessen ...«

Sein Blick verlor sich wieder und Mona Lu hatte Angst, das die Verbindung zu ihm gekappt wurde.

»Was mussten Sie vergessen, Herr Franzen?«, fragte sie instinktiv, denn sie ahnte, dass er im Prinzip von sich selber sprach.

Er sah sie wieder an und sagte: »Alles.« Dann war das Band in den Mond gefahren und die Melodie erstarb.

Es ist ihm bestimmt etwas ganz Furchtbares geschehen, dachte Mona Lu. Und wahrscheinlich war es in der Kindheit passiert.

»Hat man Ihnen wehgetan, als Sie klein waren?«, fragte sie mit sanfter Stimme und setzte sich mit an den Tisch.

Christian legte die Hand mit der verstummten Spieluhr auf den Tisch und nickte.

»Was hat man Ihnen angetan?«, fragte sie. »Hat Ihr Vater Sie geschlagen?«

Christian nickte und legte den Kopf schief. Doch da sie keinerlei emotionale Veränderung in seinen Gesichtszügen bei dieser Frage hatte erkennen können, musste da noch etwas anderes sein. Etwas viel Schlimmeres.

»Und wer hat Ihnen noch wehgetan, Christian?«, fuhr sie deshalb fort.

Jetzt gab es eindeutig eine Reaktion in seinen Augen. Sie wurden noch melancholischer und sie meinte, dass sich Tränen in ihnen sammelten.

»Christian, wer hat Ihnen noch wehgetan?«

»Männer«, sagte er leise. »Viele Männer.«

Das war es also. Ob am Ende sein Vater damit zu tun hatte? Es war eine Sache, dass Väter ihre Kinder verprügelten. Aber das taten sie meistens alleine. Wenn andere Männer involviert waren, dann konnte es nur um Missbrauch gehen. Und sie war sich nicht sicher, ob sie das jetzt alles hören wollte. Doch ihr Job ließ ihr keine andere Wahl.

»Was haben diese Männer mit Ihnen gemacht?«, fragte sie so verständnisvoll, wie sie konnte.

Dann liefen Christian die ersten Tränen die Wangen herab und er erzählte ihr von der Entführung und einem jahrelangen Martyrium in den Fängen von Kinderschändern.

Während der drei Jahre, die Christian in einem Raum mit vielen anderen Kindern gefangen gehalten wurde, kam es zu zahlreichen Vergewaltigungen. Wenn es sich um besonders kleine Kinder handelte, legte man ihnen, wenn die Torturen zu groß wurden, eine Spieluhr ans Ohr. Und das hatte Christian nie vergessen. Ebenso wenig wie die Gesichter der vielen bösen Männer, die ihre Hände an ihn legten. Sie sahen wie ganz normale Männer aus, sagte er immer wieder. Wie Familienväter, die selber Kinder hatten. Wie war es möglich, dass sie zu so grausamen Taten fähig waren?

Er hatte in der ersten Zeit noch gehofft, dass seine Mutter ihn finden würde. Sie waren doch nur wie jeden Tag im Park gewesen und er hatte im Sand gespielt. Doch seine Mutter kam nicht und sein Herz wurde zu Stein. Sonst hätte er die ganzen Grausamkeiten niemals ertragen können. Noch heute frage er sich manchmal, wie er das überhaupt überlebt hatte. Er wusste nur, dass er irgendwann aufgehört hatte, zu hoffen. Und mit der Hoffnung war auch seine Seele gestorben.

Als kurz vor seinem achten Geburtstag stand, da hatte man ihn einfach auf eine Parkbank gesetzt. Sicher war er zu alt für die Klientel geworden, die sich gerne an Kindern bedienten. Und er hatte sich immer öfter gewehrt. Das mochten diese Männer nicht. Er war oft geschlagen und bewusstlos wieder in das Zimmer zu den anderen Kindern getragen worden. Wenn er erwachte, hatte er blaue Flecken und auch oft Blut an den Händen gehabt.

Es hatte dann nicht lange gedauert, bis einem Spaziergänger der apathisch wirkende Junge auf der Parkbank ins Auge gefallen war. Über die Liste vermisster Kinder bei der Polizei fand man heraus, wer er war. Doch nach Hause konnte er nicht wieder zurück. Seine Mutter war dem Wahnsinn verfallen, als er nicht zurückgekehrt war, und vegetierte in einer psychiatrischen Klinik vor sich hin. Sein Vater hatte sich zu Tode gesoffen.

Also kam Christian in ein Heim für problematische Kinder. Dort blieb er, bis er achtzehn war.

Sein weiteres Leben verlief chancenlos. Er war ein Mensch ohne Halt. Jahrelange Therapieversuche halfen ihm nicht, sich wieder in die Gesellschaft, die ihn nach seiner Meinung so im Stich gelassen hatte, wieder ins

Leben zurückzufinden. Er war ein Treibender, der nur noch vergessen wollte. Aber nicht konnte.

Er schlug sich mit Gelegenheitsjobs durch und blieb immer der, mit dem man nichts anfangen konnte.

Sein Nächte waren von Alpträumen geplagt und seine Tage verbrachte er im Dämmerzustand. Es war einige Male zu Selbstmordversuchen gekommen, die wie durch ein Wunder immer wieder entdeckt wurden.

Und so reifte irgendwann in Christian die Vorstellung, dass jemand etwas anderes für ihn vorgesehen hatte. Er sollte nicht sterben, diese Welt nicht verlassen, bevor er nicht seine Aufgabe erledigt hätte. Er verstieg sich in den Gedanken, dass er anderen Kindern helfen müsste.

Er engagierte sich in Vereinen, die sich um Kinder sorgten. Doch konnte er wirklich alle Kinder retten? Er schaffte es einfach nicht mehr alleine. Und viele Kinder hatten traurige Augen. Sie verfolgten ihn bis tief in die Nacht.

Seinen ersten Mord beging er schließlich hier in Schillig.

Als Christian geendet hatte, sammelten sich auch in Mona Lus Augen Tränen. Welches Kind schaffte es schon bis ins Erwachsenenalter, seine glückliche Seele hinüber zu retten? Auch bei ihr war nicht alles rund gelaufen. Doch daran wollte sie jetzt nicht denken.

»Danke, dass Sie mir alles erzählt haben«, sagte sie und schluckte. »Ich weiß, dass es nicht leicht für Sie gewesen sein muss.«

Christian sah sie unbeteiligt an. Er hatte wieder sein Schutzschild hochgezogen.

»Warum hat es gerade diese Männer hier in Wangerland getroffen?«, fragte sie. »Wussten Sie von Hinweisen, dass sie Kindern etwas angetan hatten?«

Christian zuckte mit den Schultern. »Sie haben die Kinder mit bösem Blick angesehen. Es war nur eine Frage der Zeit ...«

So etwas Ähnliches hatte sie sich schon gedacht. Es gab keinen konkreten Verdacht, dass die Opfer etwas mit Kindesmissbrauch zu tun gehabt hätten. Doch wem sah man seine grausamen Neigungen schon an? Die Dunkelziffer an zerstörten Kinderseelen war unbegreiflich hoch.

»Gut, ich denke, wir sind erst einmal fertig für heute. Aber eines müssen Sie mir noch verraten«, sage Mona Lu.

Christian sah sie neugierig an.

»Warum gerade dieses besondere Messer als Tatwaffe?«

Christians Blick verdunkelte sich wieder. Mona Lu hatte den Eindruck, dass sie diese Frage jetzt nicht mehr beantwortet bekäme. Doch dann sagte Christian: »Der erste Mann ... ich ... also, Sie wissen schon, er hatte so ein Messer dabei und hat es mir an die Kehle gehalten. Ich werde dieses Messer niemals vergessen können.«

Mona Lu ließ Christian in eine Zelle bringen. In den nächsten Tagen würde er in eine geschlossene psychiatrische Anstalt überführt werden. Fast hatte sie das Gefühl, einen Unschuldigen einzusperren. Dieser Gedanke machte ihr schwer zu schaffen. Worin unterschieden sich Recht und Unrecht eigentlich noch, wenn man die wirklichen Täter niemals zu fassen bekam?

Bevor sie zur Mühle fuhr, steuerte sie noch einmal das Hotel an, in dem sie Rudolf Mannheimer gebeten hatte, sich zur Verfügung zu halten. Auch über ihn gab es keine negativen Spuren in der Polizeikartei. Doch was besagte das schon nach allem, was sie gerade gehört hatte.

»Sie sind nicht mehr in unmittelbar Gefahr«, sagte Mona Lu, als sie Mannheimer an der Hotelbar mit einem Whisky in der Hand antraf.

»Sie haben den Täter also gefasst?« Erleichtert führte Mannheimer das Glas zu seinem Mund.

»Wie man's nimmt«, sagte Mona Lu und ließ ihren Blick über die vielen männlichen Gesichter, die sich hier an der Bar aufhielten, schweifen. »Aber Sie brauchen sich jetzt nicht mehr zur Verfügung halten.«

Ein letzter Zweifel bleibt

Mona Lu hielt ihren Wagen in einem Waldstück an, bevor sie die restlichen Kilometer zur Mühle fuhr.

Sie fühlte sich ausgelaugt. Das, was sie in den letzten Stunden gehört hatte, war an Tragik kaum noch zu überbieten. Und sie ahnte jetzt schon, wie Hauke sich auf diese tolle Story stürzen würde. Es fühlte sich falsch an, ihm da die Feder zu überlassen. Vielleicht hatte sie ja zumindest den Hauch einer Chance, an dem Artikel mitzuarbeiten. Haukes Chef musste ja nichts davon erfahren. Aber niemals würde sie zulassen, dass man Christian als brutalen Mörder darstellte, indem auch die grausamen Details aus seiner Kindheit sicher nicht zu kurz kamen. Nein, das alles ging die Öffentlichkeit gar nichts an. Und doch würde Hauke sicher titeln »Martyrium in der Kindheit machte Mann zu brutalem Schlächter«. Das kam gar nicht in Frage.

Es war gleich einundzwanzig Uhr, und sie hatte gar keine Lust, sich jetzt mit Hauke zu unterhalten. Doch sie war sich sicher, dass er mit Adler in der Mühle wartete. Sicher platzte er vor Neugier.

Sie stieg aus dem Wagen und zündete sich eine Zigarette, die für Notfälle immer im Wagen dabei hatte, an. Sie sog den Rauch tief in ihre Lungen. Das tat gut. Es war noch gar nicht richtig dunkel und sie konnte in einiger Entfernung ein Hasenpaar beobachten, das über die Wiese tanzte. Die Welt war so voller Gegensätze, dass die Emotionen manchmal nicht mehr nachkamen. Sie musste lächeln. Praktisch das erste Mal an diesem Tag.

Sie trat die Zigarette aus und setzte sich wieder hinters Steuer.

Stein entdeckte den Wagen von Mona Lu als Erstes, als er mit Hauke auf der Galerie ein Bier trank. Er lief nach unten und lief ihr entgegen, als sie aus dem Wagen stieg. Er sah sofort, wie es ihr ging.

»Alles klar?«, sagte er und legte ihr eine Hand auf die Schulter.

»Hm ... lass uns erst mal reingehen.«

»Hauke hat mir schon einiges erzählt«, sagte Stein. »Wir haben ja noch den Rest des Abends. Ich habe auch eine neue Flasche Rotwein für dich.«

»Die werde ich auch brauchen«, sagte sie und sie gingen in den ersten Stock.

»Wie ist es gelaufen?« Natürlich war Hauke kein bisschen zurückhaltend, als er Mona Lu sah. »Hast du den kranken Typen eingebuchtet? Hat er gestanden? Gab es noch weitere Opfer außer hier in Wangerland?«

Bin ich hier das Opfer?, fragte sich Mona Lu, und ließ sich aufs Sofa fallen. Stein brachte ihr den versprochenen Rotwein und sie trank einen großen Schluck, als sei sie eine Verdurstende.

Sie muss sich betäuben, dachte Stein. »Lass Sie erst mal ankommen«, sagte er zu Hauke.

Als Stein wieder nachgeschenkt hatte, erzählte Mona Lu, was sich in den letzten Stunden zugetragen hatte.

Und selbst Hauke verschlug es diesmal die Sprache.

»Das ist ja ... also, ich weiß gar nicht, was ich dazu sagen soll«, sagte er matt. »Da kann man ja von Glück sagen, wenn man eine schöne Kindheit erleben durfte.«

»Gratulation«, erwiderte Mona Lu müde.

»He, so war das nicht gemeint ...« Hauke hob abwehrend eine Hand. »Ich wollte mich nicht daran weiden, dass es mir besser ergangen ist. Ich meine ja nur, dass ...«

»Ich weiß«, sagte Mona Lu. »Sorry. Ich wollte nicht gemein sein. Doch das war echt harter Tobak. Es kann sich glaube ich kein Mensch vorstellen, was der arme Teufel sein ganzes Leben lang mitgemacht hat. Sowas hört ja niemals auf.«

»Es gibt kaum Kinder, die ihre Kindheit so wie Alice im Wunderland verbringen«, sagte Stein, »das ist leider die nackte Realität. Kinder sind verfügbar und leicht in die Opferrolle zu drängen.«

»Das klingt ekelhaft«, sagte Mona Lu angewidert.

»Es ist ekelhaft«, bekräftigte Stein. »Und das Schlimmste ist, dass die Täter in der Regel unerkannt davonkommen. Kindesmissbrauch ist zu einem lukrativen Geschäft geworden, seitdem es das Internet gibt.«

»Es fühlt sich falsch an, dass Christian jetzt eingesperrt wird«, sagte Mona Lu und griff wieder zu ihrem Weinglas. »Es ist einfach nicht richtig, dass er dafür büßen muss, dass es perverse Schweine gibt.«

»So darfst du nicht denken, Mona Lu«, sagte Stein mahnend. »Dann wirst du deinen Job nicht mehr lange machen können.«

»Wir fangen doch sowieso nur die kleinen Fische«, sagte sie und zog sich die Rotweinflasche heran. »Und glaub ja nicht, dass du das Ganze ausschlachten wirst in deinem Schmierenblatt.« Verächtlich sah sie Hauke an.

Stein hob beschwichtigend die Hand und nickte Hauke zu, der verstand.

»Das würde ich niemals machen, Mona«, sagte Hauke. »Du musst mich nicht für eines dieser Schweine halten.«

Es wurde still in der Mühle.

Mona Lu spielte an ihrem Rotweinglas, als ihr Handy klingelte. Sie sah aufs Display. Es war ein Kollege aus der Dienststelle. Sie überlegte einen Moment, nicht ranzugehen. Doch dann drückte sie die grüne Taste.

»Hallo?«

Sie hörte einen Moment lang zu. Dann drückte sie dir rote Taste und fing an zu weinen.

»Was ist los?«, fragte Stein.

»Er hat sich umgebracht«, sagte sie nur und beide wussten Bescheid.

»Manchmal hasse ich meinen Job«, fuhr Mona Lu fort, als niemand etwas sagte.

»Das musst du auch, denn nur dann kannst du ihn auch richtig machen«, erwiderte Stein und ging nach draußen auf die Galerie. Es wurde ihm zu eng in seiner Mühle. Er hätte sie am liebsten jetzt für sich alleine gehabt.

Draußen wartete Dorado schon auf ihn, als ahne er, was sich drinnen abgespielt hatte.

»Sei froh, dass du fliegen kannst«, flüsterte Stein dem Raben zu und es war das erste Mal, dass sich das Tier von ihm über den Flügel streicheln ließ.

ENDE

Zur Autorin

Moa Graven: »Ich habe erst mit fünfzig meine Leidenschaft für das subtile Verbrechen entdeckt.«

Als gebürtige Ostfriesin kam Moa Graven durch Umwege über den Journalismus selber zum Krimi-Schreiben. Das war im Jahr 2013, als sie ihren ersten Krimi »Mörderischer Kaufrausch« mit Ermittler Jochen Guntram als Fortsetzung in einem Monatsmagazin veröffentlichte. Seither hat sie viele Leichen in Ostfriesland hinterlassen. Sie arbeitet mittlerweile an vier Krimi-Reihen in Ostfriesland mit Kommissar Guntram in Leer, Jan Krömer in Aurich, Eva Sturm auf Langeoog und jetzt neuerdings auch Joachim Stein - Der Adler in Friesland!

Besuchen Sie die Autorin gerne auch hier: www.moa-graven.de.

Die Krimi-Reihen von Moa Graven

Kommissar Guntram Krimi-Reihe
„Mörderischer Kaufrausch" – Band 01
„Mord im Gebüsch" – Band 02
„Mordsgeschäfte" – Band 03
„Das Meer schweigt ..." – Band 04
„Märchenhafte Morde" – Band 05
„Hinter verschlossenen Türen" – Band 06
„Teezeit" – Band 07
„Wer erschoss den Weihnachtsmann" – Band 08
„Hannah – Vergessene Gräber" – Band 09 (März 2017)

Jan Krömer Krimi-Reihe
„KillerFEE" – Band 1
„Todesspiel am Großen Meer" – Band 2
„Kneipenkinder" – Band 3
„Fallensteller" - Band 4
„Flächenbrand" – Band 5 (Februar 2017)

Eva Sturm Krimi-Reihe
„Verliebt ... Verlobt ... Verdächtig" - Band 01
„Justitias Schwäche" - Band 02
„Bitterer Todesengel" - Band 03
„Blaues Blut" - Band 04
„Stille Angst" - Band 05
„Schiffbruch" - Band 06
„Auf dich wartet der Tod" - Band 07 (September 2016)
„7 Tage Regen" – Band 08 (Januar 2017)

Alle Bücher sind als Taschenbuch oder eBook erhältlich!

Was wird aus vermissten Kindern?

Liebe Leserin, lieber Leser,

das Thema, welches ich in meinem ersten Fall mit dem Adler aufgegriffen habe, geht sicher jedem unter die Haut. Gerade durch die vielen Möglichkeiten, die unsere technisch vernetzte Welt bietet, sind oft wehrlose Kinder im Visier von dubiosen Tätern. Wie viele Kinder verschwinden jedes Jahr spurlos? Was geschieht mit ihnen? Wir alle wünschen uns, dass es nicht so schrecklich ist wie in meinem fiktiven Fall. Doch wissen tut es keiner. Ich fürchte, das Thema ist aktueller und dringender, als geahnt.

Ihre Moa Graven

21791485R00121

Made in the USA
Columbia, SC
24 July 2018